JN193928

星海社
FICTIONS

神さま学校の落ちこぼれ 4

日向夏

Illustration／赤瓦もどむ

制作協力／花とゆめ編集部

星海社

Illustration　赤瓦もどむ
編集協力　花とゆめ編集部
Book Design　足立恵里香
Font Direction　三本絵理＋阿万愛

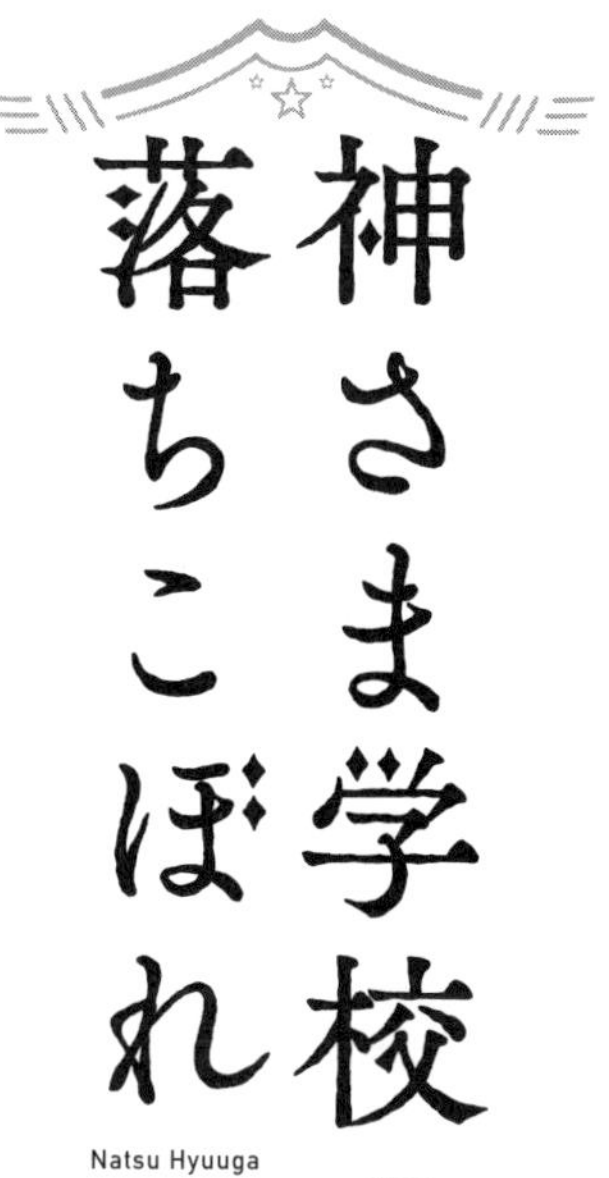

Natsu Hyuuga
×
Modomu Akagawara

4

日向夏

Illustration
赤瓦もどむ

制作協力
花とゆめ編集部

陽美谷（ひびや）ナギ

神通力＝不明

惟神學園高等部一年D組生徒。神さま不在で経営が火の車な陽美谷神社の娘。ヒミコの認定を受けていないが、月読命の推薦で惟神學園の高等部に編入することに。

逢坂（おうさか）サガミ

神通力＝念動力（サイコキネシス）＆微弱な発火能力（パイロキネシス）

惟神學園高等部一年D組生徒。直情径行で良く言えば熱血漢、悪く言えば脳筋熊男。モナカに好意を寄せているが一方通行の模様。

田中（たなか）モナカ

神通力＝瞬間移動（テレポート）

惟神學園高等部一年D組生徒。ナギのルームメイト兼お世話係。成績優秀でサバサバした性格の頼れる姐御肌。

月読命（ツクヨミノミコト）

神通力＝瞬間移動（テレポート）＆観念動力（テレキネシス）など

三貴子（みはしらのうずのみこ）の一柱である「月読命」を拝命した高位の神さま。通称・ツクヨミ。老成して見えるけれど、高等部を卒業したばかりのティーンエイジャー。見目麗しく寡黙な振る舞いに憧れる者も多いが、実は世間知らずの天然。

松田（まつだ）タロウ

神通力＝念動力（サイコキネシス）

惟神學園高等部一年D組生徒。情報通で親切だがどこかモブっぽい、稀有な「普通」さを持つ。

江道（えとう）トータ

神通力＝透視能力（クレアボヤンス）

惟神學園高等部一年D組生徒。座学は学年一位なものの、実技については怠惰。無気力かつ嫌みな言動で人を寄せ付けないが、ナギのことは認めた様子。

美馬（みま）みるる

神通力＝精神感応（テレパシー）＆残留思念読取（サイコメトリー）

惟神學園高等部一年D組生徒。超自然学派の両親の下で隔離された環境にいたところを保護された。思念を読み取ることができないナギに懐いている。

芥河（あくたがわ）ホシノ

神通力＝精神感応（テレパシー）

生活能力皆無な月読命を、公私ともにフォローする付き人。ツクヨミとは五学年差の惟神學園卒業生。高レベルの精神感応（テレパシー）による認識阻害を操るヒミコ。

夜刀神（ヤトノカミ）

神通力＝引寄能力（アポート）＆消去能力（アスポート）

講師として惟神學園に招聘された神さま。見た目がチャラい。神力は並だったが諦めず五度目の神さま試験に合格した努力家。惟神學園在学時に同級生だったホシノには、本名の「ゴロウ」で呼ばれている。

小林（こばやし）レイリ

神通力＝発火能力（パイロキネシス）

惟神學園高等部教員。一年D組の担任で、女子寮・イザナミ寮の寮長も務めている。

猫田（ねこた）

神通力＝精神感応（テレパシー）

スサノオ会のヒミコ。スサノオ会で受けた洗脳を自身の神通力により解除したが、個人での対抗や脱出は不可能と考え潜伏している。

飯波（いいなみ）ガラン

神通力＝レアケース

神力貯槽器官を持たないヒミコであり、身体能力に優れる。惟神學園高等部一年D組の副担任であったが、スサノオ会の関係者であることが判明し、行方を眩ませた。

祖父江（そふえ）マサユキ

神通力＝念動力（サイコキネシス）

惟神學園高等部教員。一年A組の担任で、マッドサイエンティスト気質な神通力研究者でもある。

オモイカネ

神通力＝先見

スサノオ会のヒミコ。第三位。未来予知（フォアサイト）に類する稀有な神通力「先見」の持ち主。

カグッチ

神通力＝発火能力（パイロキネシス）

スサノオ会のヒミコ。たけるに敗北して「スサノオ」の座を譲り、第二位となった。

陽美谷たける

神通力＝観念動力（テレキネシス）＆精神感応（テレパシー）？

ヒミコと認定された、ナギの双子の兄。五年前に超自然学派に誘拐され、現在は第一位「スサノオ」として、スサノオ会のもとにいる。

用語

ヒミコ

神通力――身に宿した神力（しんりき）によって発動する瞬間移動（テレポート）や念動力（サイコキネシス）などの超能力――が使える人間。超常の力を宿した者は歴史的に差別や信仰の対象となり非人道的な処遇に遭うことがあったが、神通力の科学的な解析が進み、現代日本では彼らを保護・管理するため「ヒミコ」の認定を与えている。小学校入学時、および小学校と中学校の卒業前に、潜在的な神通力の有無を確かめるヒミコ認定試験が行われるが、自然と神通力が発現しヒミコと認定されることもある。

神さま

秀でた神通力と優れた人格を認められたヒミコに与えられる国家資格。合格率五パーセント未満の難関国家試験である八百万（やおよろず）階位認定試験――通称・神さま試験で選定され、合格者には日本神話にちなんだ神の名が授けられる。現在の日本国内で、神さまは五百名ほどが認定されている。

私立惟神（かんながら）學園

現代日本におけるヒミコ育成に力を入れた教育機関。初等部から研究機関でもある大学部まで備え、卒業生には八百万階位認定試験の合格者が多く、日本一神さまを輩出している通称・神さま学校。高等部の生徒は基本的に寮生活を送っている。

超自然学派

「神さま」ではなく、昔ながらの「神様」の在り方を信仰する勢力。神通力の科学的な研究を推進し「神さま」として資格化した国家体制を、神への冒とくと捉えている。過激派はヒミコの誘拐や拉致監禁（彼らの名目としては保護）に及び、ときにはテロ行為じみた破壊活動まで画策・実行する。過激派のひとつに、須佐之男命（スサノオノミコト）を崇める新興宗教団体「スサノオ会」が存在している。

第1話

神通力発覚

1

神が無い月と書いて神無月。

神が一同に集まるので、神在月という地域もある。

そういうわけで、神さまに縁があるここ惟神學園でも、深い意味があった。

今日は、いつもどおり道場で月読命の授業を受けていた。月読命を媒体にして神力を注ぎ込む訓練だ。

(ちゃんと練習しないと)

先日、ざくろの神通力を強化したときは、完全な成功とは言えなかった。

「今日の授業はこれで終わりだ」

「はい。ありがとうございます」

「あと次回とその次についてだが」

月読命は渋い顔をした。

「なんですか?」

「神在月の集会があるため、授業はない」

「神在月の集会ですか」

神無月が、神がいない月だとしたら、神在月は神が在る月だ。正反対の意味だが、同じ月を示す。

旧暦十月は神が出雲に集結するため、他の地域では神が留守になるといわれる。天津神や家を守る神など一部の例外を除き、他は出雲に集まるので、神在月となる。

そして、現在、神さまなる制度ができたわけで、同じように神さまもまた出雲に集まるべきではないかと言われた。

勿論、そんなことをされたら出雲以外の地域としてはたまったものではない。

多くの神社から反対運動が起き、結局、地域ごとに神さまが集まる催しの時期をずらすことで落ち着いた。

それが『神在月の集会』だ。

「師匠ならひっぱりだこでしょうからねえ」

三貴子の名前を持つ神さまだ。この手のイベントごとに関して、しっかり対応しないといけない。

「その間、祖父江先生に頼むことになるが大丈夫か？」

「そ、祖父江先生……」

週一の授業でも恐ろしいのに、それが二回に増えるとどうなるだろうか。祖父江先生はきっと大歓迎してくれるに違いないが、ナギは困る。

「あー、そこんとこは安心してもいいと思うぞ」

横から口を出してきたのは、ホシノさんだ。授業中は、タブレット片手に何やらスケジュール管理をしていた。今後の、月読命の仕事の確認だろう。

　画面から目を離さず、指先を器用に動かしつつ話を続ける。

「なんかコノハナサクヤヒメに、精神感応能力を持っているかもしれないって言われたって言っていたよな」

「はい」

　ナギがコノハナサクヤヒメの未来視を共有したことから、そうではないかと言われた。

「なら、念動力の祖父江先生より精神感応能力の先生を付けたほうがいいだろ。學園長にはちゃんと伝えておいたから」

（さすがホシノさんだ）

　思わずナギは拍手してしまう。

「そこでうまく神通力が開花すればいいよな。そしたら、今後の授業はそれ一本にまとめられるし」

「は……」

「いや、よくない！」

　ナギが肯定するのにかぶせるように、月読命が声を上げた。

「はあ。弟子の神通力が開花しなくてもいいっていうのか？」

「いや、そういう意味ではない。ナギは、神力の譲渡も訓練しないといけないだろう」

「そうかあ。あくまでそれは副産物であって、他人の神通力を強化するより、自分の神通力を見つけたいと思うのが――」

「いや！　神力の譲渡も特殊で使い道がある能力に違いない。ナギだって、ちゃんと使えるようになりたいだろう？」

師匠がやけに熱く語り掛ける。

「それもそうですね」

ナギは、先日の江道大社でのことを思い出す。ざくろに神力を渡そうとして加減を失敗してしまった。ざくろに過負荷をかけてしまったのは今でも申し訳なく思う。

「同時に、サクヤヒメを救えたのはナギの特殊体質があってのことだ。ちゃんと訓練して使いこなせるようになるべきだろう。その練習台になれるのは今のところ俺しかいないと思う」

「そりゃおめーほどでっかい神力貯槽器官持っている奴はそうそういねえだろうからなあ。でもなんかおまえには珍しく妙に理屈っぽくないか？」

「俺だって状況を冷静に判断できる」

「そうかあ」

ホシノさんはどこか腑に落ちない顔だが、とりあえず納得したらしい。

「まあ、神在月の集会の前は學園の生徒もいろいろ忙しくなるぞ」

「はい。なんかいろいろあるって聞きました」

「そうだな。この地域だと學園長が主催となってやるし、他の神さま学校の生徒たちも参加するから、合同学園祭の空気を味わえるぞ」

「それは楽しみです」

お祭りと聞いて楽しくないわけがない。

ナギは神社の娘だが、祀る神さまが天津神である天宇受賣命だったため、神在月の集会には参加しなかった。

「忙しくなるが書き入れ時だと思えば、楽しくもなってくる」

ホシノさんはタブレットを見てにやにや笑う。

ナギと月読命は、タブレットをのぞき込んでげっそりした。朝から夜までびっしりスケジュールが詰まっていた。

「早速これから生中継の仕事が来てるからな。台本読んどけ」

ホシノさんは文字がびっしり書かれたページを開いて見せる。月読命は眉間にくっきりしわを寄せた。

「やっぱり行かなきゃだめか？」

「顔はなんぼ売ってもいいんだよ。仕事の種類は選んでやってるんだから、大人しく言うことを聞け」

月読命が端整な顔をしょぼしょぼにさせる。アナウンサーの質問にちゃんと受け答えできるだろうかとナギは心配になる。

「来週以降、俺の寝る時間はあるのか？」

「エナドリ飲ませてやる」

「元気の前借り……」

ナギは思わず月読命の肩を叩いた。

「!?」

月読命が慌ててナギのほうを向く。

「がんばってください」

「お、おう」

面食らった顔をした月読命を見て、不敬だったかなと思ったが許してくれるだろう。

(差し入れ持っていってやらないと)

コンビニに新作和菓子が出ていないか、帰りにチェックしようとナギは思った。

2

饅頭と大福が入ったビニール袋を振りながら、ナギは寮へと帰った。

「神在月の集会かあ」

ナギは寮の壁に貼られたカレンダーを見る。十月十五日が祝日のように赤くなっていた。

一般的には祝日でもなんでもないが、神さま界隈では特別な日の扱いをされている。

カレンダーは企業からもらったもので、下部には『江道大社』と書かれてあった。

「……」

ナギは、妙な気まずさを覚えてしまう。

「なにカレンダー睨んでるの？」

「おおっ⁉」

横からモナカがのぞき込んできたので、ナギは思わず驚いてしまう。モナカはすでに風呂に入ってきたのか、綺麗な黒髪にふわっとしたシャンプーの匂いを漂わせていた。

「いやー、トータくんはまだ帰ってこないのかなって」

ナギはカレンダーの『江道大社』の文字を指しながら答えた。

先日の職業見学で江道大社に行ってから、トータはまだ帰ってきていなかった。

「トータねえ。すごいタイミングよね。実家が大変なときにちょうど帰っていたとか」

「うん、大変だよね」

ナギとしてはそう言うしかない。

江道大社に関係した事件に遭遇した。遠からず何かが破綻していたであろう江道家の問題は、当主であるトータの父の引退という形で幕を閉じた。江道家の悲願を実現させるために、手段を選ばなかったトータの父について思うことはあるが、ここまで大ごとになるとは思わなかったので罪悪感が大きい。

（なんか病院で療養中とか言ってたっけ？）

本当に体を壊したのか、それとも方便なのかはわからない。

トータが惟神學園に戻（もど）ってきていないのはそのせいだろうか。実家の処理（しょり）がよほど大変らしい。

「そろそろ戻ってくるでしょ。どうせあいつのことだから、涼（すず）しい顔して授業に追いついた挙句（あげく）、テストでもトップ取るのよ。あー、なんか想像しただけでも腹（はら）が立つ」

「さすがに中間テストは無理でしょ？」

「中間は今回三教科だけだから余裕（よゆう）じゃない？」

「三教科？　少なくない？」

主要科目だけだとしても、一学期は五教科あった。

「これ、優先」

モナカは、十五日の赤丸を指でなぞる。

「神在月の集会ですかー」

「そうよ。ナギは実家でもなんかやってたと思うけど、ここじゃ生徒もひっくるめてお祭りするから忙しくなるわよ」

「合同学園祭の空気だって言われた」

「ええ。学園祭というか地域のお祭りみたいなものだから他校の生徒と接触（せっしょく）するはずよ。気を付けてね」

「気を付けてって」

モナカはそれ以上説明することはない。

ナギは一度部屋に向かおうとしたが、共有ラウンジで足を止める。

「ナギー。ここすわれー」

みるるがラウンジのソファに座っていた。

「座った」

ナギはみるるの隣に座る。和菓子が入ったビニール袋を置くとみるるが目を輝かせる。

「お一つどうぞ」

「さんきゅー」

みるるはナギの上に座りなおすと、大福の包みを開けた。

月読命用のお供えのつもりだったが、また買えばいいかとナギも包みを開ける。

「これみよう」

みるるは足をばたばたさせて、テレビを指す。

モナカもナギの隣に座る。

「テレビ？」

イザナミ寮のラウンジにテレビは一つしかない。いつもよりテレビを見ている人たちが多いのは気のせいだろうか。

「あっ」

夕方のニュースが映っていた。ローカルニュースのようだが、見たことがある場所だ。

鳥居を模した門に、大きなしめ縄がかかった大木がある。うちの學園だ。

「なまほうそう」

そうだ。月読命が出ると言っていた。

（ちゃんと台本読み込めたかなあ）

ナギは月読命の心配をする。

「なんか知っている場所がテレビに映っているとすごいね」

ナギはちょっとドキドキしてきた。普段、ネットを見ることが多いが、それでもテレビに身近な場所が出るとなったらそわそわしてしまう。

ナギだけでなく他の生徒も同じようで、普段よりラウンジのテレビ前には観客が多い。みるるの周りのソファが空いていたのは、精神感応能力者への偏見のためだろう。簡単に座れるのはいいが、ナギは複雑な気持ちになってしまう。

「おっ、がくえんちょうだ。いまからいけば、まにあうか？」

「はいはい、どうどう」

そわそわするみるるを押さえるのはモナカだ。

「生放送だからって、現場に行っても無駄よ。生徒がニュースに映りこまないように、立ち入り禁止にされているから」

みるるだけではなく、ナギにも言い聞かせるようにモナカは言った。

「いやいや野次馬なんてしないし。ってこれ、全国放送⁉」

ローカル番組ではないらしく、ナギでも知っているきらきらした女性アナウンサーが笑っていた。

「テレビにうつるくらいもんだいないのに」

「問題大ありよ。関係者以外入らない体育祭ですら大騒動だもの」

ナギは体育祭のことを思い出す。みるるに警察や税関からのスカウトが殺到していた。

生徒を大切にする學園側としては、在校中はメディアに出すつもりはないらしい。

「そうか。わたしがてれびにうつると、みんなのアイドルになってしまう。ろしゅつはさけたほうがいい」

みるるがかわいいポーズを決めながら言った。

「はい、かわいいね」

ナギはみるるを撫でながらテレビを見る。

「神在月の集会関連で、神さまの紹介を全国各地でカウントダウンするそうよ」

「ほお」

テレビに出ているのは、學園長と月読命、それから夜刀神だった。

（この構図は）

さっきのホシノさんの口ぶりだと、夜刀神は出るような雰囲気ではなかった。

（江道大社のときみたいに横入りしたのかな？）

「學園の代表であり国内有数の神さまである學園長を呼ばないわけがないので言うまでもなく、一年目の神さまながら絶大な神通力を誇る月読命がお茶の間受けもよく本命、夜刀神は知名度低いから見切って宣伝しにやってきたってところかなあ」

横からナギが思っていることを口にする人物がいる。

すらっとした長身に短いさらっとした髪、右手左手に女子生徒を巻きつけているのは
——。

「ざくろ」

身長が高くスラックスを穿いているが、ナギと同学年の女子だ。いつもながら、女の子を侍らせている。最初から性別を知らなければ、十人中九人が男子と間違えるだろう。

「どうしたの？　普段はあまりこっちに来ないじゃない？」

イザナミ寮は女子生徒が二百人近く住んでいる。共有スペースもいくつかあって、ざくろがテレビ前のラウンジに来ることは珍しい。

高等部から入ったナギが、同じ寮に住んでいても知らない人が多いのはそのためだ。

「たまにはいいだろ？　それより、ナギ、今度デートしようか？」

あまりに唐突なお誘いに取り巻きの女子から声が上がる。

「おおう、ナギもてきか？」

みるるが興味津々ながら、ナギは渡さないぞとしっかりつかんでいる。

『デート』という言葉にナギもときめきたいところだが、前回ざくろのお誘いに乗っかってとんでもない目に遭ったことは忘れてはいけない。ナギはみるるを抱っこしたまま、モナカの背中に隠れる。

「ざくろ、ナギにセクハラでもしたの？」

モナカは疑いの目をざくろに向ける。

「失礼だな。私がジェントルマァンであることは周知の事実だろうに」

ざくろは髪の毛をさらっとかき上げる。

「あんた、男だっけ？　ここ女子寮なんだけど」

「ははは、こう見えて性自認は女のつもりだけど。ただ、美しいものかわいいものが好きで、制服もこちらのほうがより私に似合っているから着ているだけさ」

ざくろは両手にくっついた女子たちの髪に、ちゅっちゅっちゅっと唇を落とす。

「さてデートは前置きで、本題はこちら」

ざくろはチラシをテーブルの上に置く。

「求人広告？」

短期のバイトのお知らせだった。

「時給けっこういいね」

イベントの手伝いらしく、気前がいい数字が書かれていた。

「あー、これか。高等部からようやくバイトできるってやつね」

モナカが求人広告をのぞき込む。

「めちゃくちゃやりたいんですけど」

ナギは目を輝かせる。

ざくろに乗せられたようで少し悔(くや)しいが、先立つ物はあったほうがいい。

「働こうにも寮生活の上、周りには何もないからね」

惟神學園は、国や支援者(しえんしゃ)、ＯＢ・ＯＧの寄付(きふ)で学費、生活費は無料だから問題ないが、それでもお小遣(こづか)いは欲(ほ)しいと思うのがごく一般的な高校生の思考だろう。

「貴重(きちょう)なバイトだよ」

実家が苦境(くきょう)に立たされているナギとしては、バイトできるならやりたいところだ。

「じょうけんがあるみたい。ナギよんで」

みるるがナギをのぞき込む。

「ええっと、『主に力自慢(ちからじまん)及(およ)び念動力能力者(サイコキネシスト)を優先する』だって」

「つまり力仕事で、ほぼ男子を優先するってこと？」

「そう」

ざくろは念動力能力者(サイコキネシスト)及び観念動力能力者(テレキネシスト)だ。力仕事ができるのは必然的に男子が多い。

その上、念動力能力者(サイコキネシスト)も男子の比率(ひりつ)が高い。

「他にも瞬間移動能力者(テレポーター)の募集(ぼしゅう)もあるね」

「私はそっちに応募しようかしら？」

モナカが言った。

「テレパシストはないのか？」

「ないね」

「がーん」

みるるが古風なリアクションをとる。

「でも面白いね。わざわざヒミコを優先するんだ。學園の近くの募集だから？」

ナギは不思議そうにチラシを見る。昔ならともかく現代ならヒミコを使わなくても、機械や道具さえあれば色んな仕事ができる。

「神さま関連の行事だから、その威厳を見せるためにヒミコを集めるという意味合いもあるのよ。神在月の集会の準備」

ナギはテレビを横目で見つつ、モナカの話を聞く。モニターでは、わかる人には焦っているとわかる月読命が映し出されている。アナウンサーが何か質問をしようとするたびに夜刀神が間に入って話していた。カメラに映らないところで、ホシノさんがそわそわしているに違いない。

「神在月の集会って地域ごとにやるから、より多くの神さまやヒミコを見せつけたほうが勝ちって空気になっているらしいよ」

いつのまにかざくろもソファに座っている。横の女子が、ざくろの口にお菓子を「あーん」していた。

「昔は、出雲にみんな集まっていたとか」

「そうよ。出雲にひと月も神さまが集まっていたら、他の地方の神社はたまった物じゃないでしょ。だから、地方ごとに集会をしようってことになって」

「それでこんな感じで神さまとヒミコをいかに集めるかという空気になっているわけかあ」

ナギは面倒（めんどう）くさいことになっているなあと思うが口にしない。

「ナギの実家って神社でしょ？　知らなかったわけ？」

「うちは、天津神だったもので、その手のイベントは体よく断れたんだ」

「じゃあ、がくえんちょうもつくよみのみこともさんかしなくていい？」

みるるが聞いた。

「學園長は参加よ。というか仕切らなくちゃいけなくなるから」

月読命も参加するために授業を休むというのだから、天津神の名前でも関係ないだろう。

「ちょっと質問」

ナギは挙手（きょしゅ）する。

「學園長は大日女尊（オオヒルメノミコト）でしょ？　天津神の長（おさ）だけど、神在月の集会なんて仕切っていいの？　十一月には伊豆（いず）で大きな行事もあるだろうし」

大日女尊は天照大神（アマテラスオオミカミ）の別名だ。

モナカはうなる。

「そこがややこしいところなのよね。伊豆の祭祀（さいし）は、もう一柱（ひとはしら）の神さまが仕切るから」

「もう一柱……、そういやいたなあ」

ざくろが遠い目をする。他の女子たちの空気を見ると、あんまり好ましくなさそうだ。

神さまの名前は、八百万（やおよろず）の神から取っているが、どうしても有名どころだと被（かぶ）ってしまうことがある。

たまに同じ神様から名前を取った神さまが数柱いることがある。

惟神學園の生徒としては、同じ神さまでも學園長の肩を持ちたいのだろう。

「學園長のほうがずっと実績もあるし、人望も厚いのにメインの祭祀をしないとかちょっとねえ」

とりまき女子の一人が言った。

「こら、そんなことは言わないように」

「ごめーん」

ざくろが優しくたしなめる。

とはいえ、みんな口に出さないだけで同じことを思っているのだろう。

「まあ、學園長は人材の育成に力を入れているし、そう思うなら私たちが祭りを盛(も)り上げようか」

「そ、そうね！」

「うんうん」

ナギも同じく頷(うなず)く。

「じゃあ、ナギも参加だね。私が応募しておくよ。ほれ、サイン」

「いやまあ、お小遣いは欲しいけど」

「うんうん。欲しいならやりたまえ」

ずずいっと申し込み用紙を押し付けてくるざくろ。

「ナギって詐欺にころっと騙されそうよね」

「おしによわい」

モナカとみるるに言われる。

「そ、そんなこと、ないはず……」

ナギは苦笑いしつつもサインをした。

3

ざくろが持ってきたバイトはナギにとっても好都合だった。惟神學園の授業料、生活費は無償とはいえ、経営難の実家の神社を支えるためには先立つものはいくらあってもいい。

その中で、學園推奨のバイトがあれば飛びつかないわけがない。

翌日、放課後の個別訓練でもその話題になった。ナギはまだ月読命の他に祖父江研究室へ通っている。

ホシノさんは精神感応能力を持つ先生になるとか言っていたが、どうなのだろうか。

「へえ、ナギもバイトやるんだね」

「ってことは、タロウくんも？」

ナギたちは研究室で先生が来るのを待っていた。椅子に座り、テーブルにあるお菓子をいただく。今日のお菓子は小判型の最中だ。

「まあね、もれなくサガミもついてくるよ」

「へえ、いらないね」

思わず口に出ていた。

「おい！　最近、ナギもモナカやみるるに感化されてないか！」

ちょうどサガミが左手を押さえながらやってきた。実験のため採血をしたばかりらしい。

（こんなに血をとって大丈夫なのかなあ？）

ナギは不安になりつつも、サガミは体も大きく血の気が多いので多分大丈夫なのだろう。

ギリギリ法は犯していないはずだ。

「ナギは神在月の集会についてどれくらい知っている？」

「ある程度聞いた」

「ふふふ。これは子飼いのヒミコの見せ合いに近いからね。僕らもバイトとはいえ注目されやすいから気を付けようね」

「タロウくん。言い方がアレすぎる」

普通代表に見せかけた情報通男子タロウだ。

「でも、その働きぶりを見てスカウトする人たちもいるんだよ」

「ほうほう」

「そうだぞ。金ももらえて自分の実力も見せる場、体育祭で見せられなかったいいところを見せる場だ」

サガミが鼻息を荒くする。

「サガミは落ち着いて、変に目立とうとせずにいようね。周りも変に見られるからね」

「なんだと！」

「あと他校の生徒と喧嘩しないようにね。惟神學園の生徒ほど落ち着いた人たちじゃないからね」

「俺が喧嘩する前提で話してないか？」

「ははは」

サガミがタロウを揺らしていると、扉が開く音がした。

「ずいぶん、騒いでいるな」

祖父江先生がやってきた。手には赤い血液が入った試験管を持っている。おそらくサガミの血だろう。

「サガミはまだ元気みたいだからもう一本いっとくか？」

「いえ、結構です！」

サガミは、びしっと足をそろえて敬礼する。

「そうか、残念だ。ところで今日の授業だが――」

祖父江先生は悔しそうな顔でナギを見る。

「その前に、ナギくんは、精神感応能力者である可能性があると言っていたね」

「はい」

先日、江道大社にてトータの姉である木花咲耶姫（コノハナサクヤヒメ）に言われた。ナギが彼女の見た未来を読み取ったことで、精神感応（テレパシー）能力があるのではないかという推測だ。

そう考えると、たけると精神感応（テレパシー）でつながっていたことにも理由ができる。

祖父江先生はナギに何やら言いたいらしい。

「私は念動力（サイコキネシス）しか使えない」

「知っています」

祖父江先生は、何を今更（いまさら）言っているのだろうか。

「精神感応（テレパシー）能力は使えないんだが、がんばれば教えてあげられる気がする」

「無理をなさらず」

人には向き不向きがある。

「こう見えて、神通力研究では名は知れて――」

未練（みれん）がましい言い方をする祖父江先生の背後から、バーンと大きな音を立てて小さな少女が現れた。

「ナギ、むかえにきた」

小柄（こがら）な体で仁王立（におうだ）ちする姿（すがた）。

「みるるちゃん」

毒舌（どくぜつ）美少女みるるの登場だ。

「なんだ、みるる。いきなりやってきて」

サガミが頬杖(ほおづえ)をついて言った。

「きいてなかったのか。ナギをむかえにきたんだ」

さらにふんっと胸(むね)を張るみるる。

「なんでナギを迎(むか)えに来たんだよ？」

「ナギがわたしとおなじテレパシストであるかのうせいがでてきたいじょう、わたしとともにくんれんすべきだろう」

みるるは漢字が書けない、読めない割に難(むずか)しい言葉を使うときがある。みるるにとって相手の思考が『見える』のではなく『聞こえる』からだろう。

(私もたけるの声が『聞こえる』タイプだったなあ)

同じ分類とされる神通力でもどのように作用するのか違う場合がある。

みるるの後ろには、ほわんとしたふくよかで小柄な女性がいる。初等部の安心院(あじみ)先生だ。

「ナギちゃん、久しぶり」

安心院先生はきゃっきゃと手をぱたぱた振っている。声が甲高(かんだか)く実年齢(じつねんれい)よりかなり若(わか)く見えるが、大学生の子どものお母さんだという。今年五十というがまだ三十代くらいにしか見えない。アンテナのように一本髪が立っている。

「一学期はお世話になりました」

ナギは深々と頭を下げる。一時期、初等部の授業にまざっていた。そのときに教えてもらったのがこの安心院先生だ。神通力はみるると同じく精神感応で、主にメンタルケアを得意としているらしい。學園長やホシノさんのように認識阻害が使えるわけではないが、心の機微を読むのは特に優れているとのこと。

初等部の生徒は、幼いのに親元から離された子が多く精神的に不安定なので、ぴったりの先生だ。

「ということで、祖父江先生。ナギちゃんをいただいていくわね」

「安心院先生が出てこなくても、私の研究室で十分ナギくんの能力はわかると思うのだけどねえ」

祖父江先生がぶつくさ言っているが、安心院先生はスルーしている。さっきから祖父江先生は、ナギに研究室に残るよう遠回しに言っていたのだろう。

「あらやだ。その様子だと研究室が変わる話は伝えていなかったのね」

伝えたくなかったが、正しい。祖父江先生は悔しそうに歯噛みしている。

「おい、ナギ。おまえは俺を置いていくのか？」

サガミがナギに縋りつく。

「じゃあね」

ナギとしては、祖父江先生の実験体よりも確実な方法で神通力が何なのか知りたいので、サガミのことなど知ったことではない。

「ほれほれ、ナギいこうか。こんなむさくるしいところ、はやくはなれよう」

みるるはナギの背中に乗る。

「みるるちゃん。ちゃんと歩かないと、運動不足になっちゃうわよ」

「だいじょうぶ、せんせい。しょうらいは、ひとをあしにつかっていきていく」

みるるはぴしっと天井（てんじょう）に人差し指を向ける。

「ちょっと待った！」

「なんですか？　往生際（おうじょうぎわ）が悪いですよ。祖父江先生」

「いえいえ安心院先生。とりあえず初回ということもあって、私の意見もいろいろ聞きながら、今日はとりあえずここでやるというのはどうでしょうか？」

祖父江先生は本当の本当に往生際が悪かった。

「あじみせんせいにまかせるべき。そふえせんせいは、テレパシストでもない。あじみせんせいみたいにラヴのはどうもかんじることができない」

みるるはぴしっと祖父江先生に言った。

（ラヴの波動？）

「安心院先生は他人の恋心に関する機微を特に感じやすい精神感応能力者（テレパス）なんだよ」

何かと便利なタロウは、ナギの疑問（ぎもん）を聞くまでもなく説明してくれる。

「いや、ラヴの波動など！　こっちだって、心拍数の変化くらい、いくらでもモニターできる！」

（いや、それはなんか違うと思う）

安心院先生もみるるも呆れた顔をしている。

「一回、一回だけ。ここならナギくんの研究結果をすぐ閲覧できますから」

研究のためならプライドなんてどうでもいい祖父江先生はとうとう床に正座して頭を下げてきた。

安心院先生は、呆れを通り越して引いている。

「普通に資料貸してください」

「かしてください」

安心院先生の真似をするみるるを見る限り、先生にはなついているようだ。

「いや、一度だけ。どういう風に安心院先生が指導するか確認するだけです。ちゃんとこの目で確かめたら、もう何も文句は言うまい」

祖父江先生はしつこかった。

（どうなるんだろ、これ）

ナギたちはしばし先生たちの問答を聞いた。

4

結局、折れたのは安心院先生だ。安心院先生は呆れつつ、祖父江研究室の椅子に座る。

ナギたちはその間、饅頭などをつまんでいた。祖父江研究室にもいいところはある。茶菓子を切らさないことだ。土産物なのか地方の銘菓が多い。

「一度だけですからね」

安心院先生は足を組んで、腕組みする。

「ああ」

祖父江先生は満足げだ。

「祖父江先生。僕らはどうすればいいんでしょうか？」

タロウとサガミとしては、自分たちの授業を潰される形となる。とはいえ、主に重量の耐久実験が多いのでサガミは心なしか嬉しそうだ。

「今日はせっかくだから、見学しようじゃないか。さて、本当にナギくんの神通力がわかるかどうかは別として」

不敵な笑いを見せる祖父江先生。

タロウは仕方ないなあという表情で、サガミは小さなガッツポーズをしていた。

「とてもやりにくいんですけど」

ナギは思わずつぶやいてしまう。こうもギャラリーがいては、緊張してしまう。

「お気になさらず」

（いや、気になるから）

ナギは祖父江先生にじっと見られている。

「さてどうしましょうか？」

安心院先生は立ち上がると椅子を二つ用意した。

「ナギちゃんは、とりあえずこちらの椅子に座って。みるるちゃんは、あっちの椅子ね」

ナギとみるるは椅子に座る。向かい合わせにされており、四メートルほど間が空いている。

「ナギちゃん、口を閉じて」

「……」

「そしてみるるちゃんを見て」

「……」

ナギは安心院先生の指示に従（したが）う。

「そっとみるるちゃんに伝えたいことを思って」

「……」

「何でもいいけど、今日の夕飯のおかずは何がいいかとか」

「……」

本当に何でもいいのかとナギは思い浮（う）かべる。

「ナギ、きょうはバンバンジーがたべたいのか？」

みるるが聞いた。

「どちらかといえば唐揚（からあ）げかなあ」

ナギは揚げ物が食べたいと念じていた。みるるに通じていないことがわかる。

「はいはい。初回でうまくいくわけないわ。根気よく行きましょう」

「そうだねえ、根気よくねえ」

祖父江先生がにたにたと笑っている。

「祖父江先生、奥さんに言いつけますよ」

「そ、それはやめてくれ」

祖父江先生が慌てる。

「祖父江先生の奥さんは、安心院先生の元教え子なんだ」

「へえ」

タロウの情報が聞こえてくる。

「はいはい。どんどん行きましょうね」

「わかりました」

「おー」

「次は三桁の数字を思い浮かべて」

質問を変えながら、実験を続けていく。二十問を超えた時点で、みるるは飽きてきたのか足をぶらぶらさせ、祖父江先生はにやにや笑いをずっと続けていた。

サガミは居眠りをし、タロウは宿題を片付けていた。

（うん、いたたまれない）

やはり精神感応能力ではなかったのだろうか、と疑問が浮かんでくる。

「うーん、ちょっとやりかたを変えてみましょうか？」

「はい」

安心院先生はうなりつつナギに近づく。

「ナギちゃんのお兄さんは精神感応能力を持っていたそうね」

「はい」

「ナギちゃんにいつも話しかけていたと」

「はい」

「ナギちゃんは自分から話しかけたことはある？」

「……、何度かはあったと思いますが、ほとんど兄から話しかけてくることばかりだった気がします」

たけるはとてもおしゃべりなので、ナギから声をかける前にいつも話しかけてきた。

「じゃあ。ナギちゃんは力を抜いて。目を瞑って」

「はい」

安心院先生の声は心地よく、聞いているだけでマッサージでも受けている気分になる。

「そのまましばらく待って」

「はい」

ナギは言われるがままにする。

祖父江先生もタロウもサガミも静かにしてくれている。

研究室の外の音が聞こえてきた。

グラウンドを走る掛け声。蟬（せみ）の代わりに増えてきたコオロギの鳴き声。

「……」

『……』

ざらっとした音が聞こえる。

パソコンの排気音（はいきおん）だろうか。

いや、それとは違う。

『……ギ』

音割れした声が聞こえてきた。

『ナギ……』

ナギは思わず、目を開ける。

正面では、みるるがナギをじっと見ているが、その口は開いていない。

『ナギ、きこえるー』

「……」

鼓膜（こまく）にではなく、直接頭に響（ひび）く声。

ナギにとっては、たけるにいつも語り掛けられていたが、まさかみるるの声が響いているとは一瞬認識できなかった。

精神感応（テレパシー）能力を電話だとすると、発信と受信があるという。今、ナギは受信している状況にある。

『ええっと、サガミのひきだしのさんばんめには――』

「……みるるちゃん、他人のプライバシーをのぞいたらだめだって」

ナギは震える声で言った。

「おい、どうしたんだ？」

居眠りしていたサガミが慌てて起きる。

「今、サガミの引き出しの三番目の話をしてた」

「な、なに言ってんだ⁉」

サガミの挙動不審な様子から、やはり引き出しには何かが入っているのだろう。

ナギは軽く笑いながらみるるを見た。

「ちゃんときこえてる」

「ほんと？」

「本当ね」

安心院先生がナギの前に立つ。

「これって、神通力を使えていることになるんですか？　聞こえるだけなんですけど」

「ええ、普通は反対なんだけどね。受信よりも発信のほうで神通力がわかる場合が多いから、そっちでばかりやっていたのかもしれないわね」

「ナギとわたしのはちょうがあったのもおおきい」

「はい、そうね」

安心院先生はみるるの前に移動して、頭にぽんと手を置く。

「……」

ナギは、きゅっと唇を噛みつつ拳を握る。

こういう場合どうすればいいだろうか。

自分の神通力がようやくわかり歓喜の声を上げるべきだろうか。大きく手を振り上げ、飛び上がるような楽しい気持ちになるべきだろうか。

いや、違う。

ただ、無表情のまま、ほろりと一粒だけ涙が落ちた。

「ナギ?」

「ははは」

ナギは笑いながら目を瞑り、こぼれる涙を制服の袖に吸わせた。

「できちゃった?」

「できたよ」

「半分だけどできているわよ」

みるるも安心院先生も言ってくれた。

ナギはまた涙があふれそうになりつつ、瞼をぎゅっと閉じて笑った。

サガミとタロウは黙っていて、祖父江先生は喜んでいるのか悔しがっているのかわから

ない表情をしていた。

5

廊下まで響く声にツクヨミは口をへの字にしていた。

「てめえ、こういうストーカー行為はどうかと思うぞ」

隣にいるホシノに言われたが、気になるものは仕方ない。

「他にやることがあるってのに、なんでこそこそのぞき行為をしてるんだか」

何をかといえば、ナギの様子を見ていた。

「ストーカーではない。教え子の様子を見ることのどこがストーカーなんだ？」

ツクヨミはきりっとした顔で言った。これまで散々ホシノからは淫行だの事案だの言われてきたが、どれも大げさに言ったものだった。

なので今回も問題ないはずだ。

「今日はお前の授業じゃねえだろ。なんで他所の授業のぞき見してんだよ？」

ホシノが何と言おうとツクヨミにとっては大切なことなので仕方ない。ツクヨミはぎゅっと唇を噛みながらホシノを睨む。

「へいへい。そんな顔をするな。わーってるわーってる。ナギちゃんは大切な教え子だもんな。ナギちゃんはがんばっていた。今まで何の神通力かわからないまま、惟神學園に入学する羽目になり、特別扱いなのに無能ってこれは肩身が狭かっただろうなあ。ツクヨミが推薦した手前、おめーも責任もたにゃならんし、その過程で妙な体質もわかっちまうしいろいろ大変だ。だからこそ、神通力が何なのかはっきりしたからよかったじゃねえか。だから先生が変わってどうなるのか、確認のためにこうしてやってきたと。ってか、安心院先生かあ、あの人はなんだかんだでやりてだからなあ」

「……」

ツクヨミとてそれくらいわかっている。これはとても喜ばしいことだ。

研究室の扉の隙間から、ナギが涙をこぼして喜んでいるのが見える。

だが——。

「ずっーとどんな神通力なのか手探りでやってきて、結局何にもわからなかったおめえと違い、ぽっと出てきたって言っちゃ悪いが初回の安心院先生の授業でいきなり神通力がわかるって状況がすごく気に食わないのはわかる、わかるからそんな顔すんな」

ツクヨミはさらにぎゅっと唇を噛んでいた。

「さあさ、行こうな。おめえの気配消すのに、俺がどんだけ苦労しているかわかってんのか？　安心院先生に気づかれたら一発だぞ。あの人、神通力のせいかものすごく勘がいいんだ」

安心院先生はホシノと同じ精神感応能力者で、かなりの上級者だ。

「むしろ、気づかれているかもしれねえ」

扉の隙間から見える安心院先生は、ナギたちとともに喜びを表しながら、ツクヨミたちのほうを見ている。なんだかにまっと笑っているように見えなくもない。

ツクヨミは慌てて目を背ける。

「あれ、気づいてないか？」

「気づいているかもしれねえけど、知らないふりをしろ」

ホシノは顔を引きつらせながら言った。

ツクヨミは壁に寄りかかり、指先でもじもじ書く。

「しかし、普通一日目で成功するものだろうか？」

「成功しているんだろ、あの様子だと」

「安心院先生。いい先生だと思うが、一日目であの感動の中に入っているのはどういうことだろうか？　祖父江先生も悔しがっている」

研究室の中では、ナギはみるるというクラスメイトとともに抱き合っている。甲子園で優勝でもしたかのような空気を醸し出していた。

「ったく、いじけんじゃねえ！　自分でなんでもできると思うんじゃねえ。大体、いくらお前の神通力が達者であっても、餅は餅屋だ。専門の先生に任せるのが一番だろうが」

「いや、しかし、今後俺の授業はどうなるのだ？」

「んなもん、安心院先生に任せときゃいいだろうし、そこんとこは學園長が指示出してくれんだろ。ってかそれが心配で前回の授業であんなこと言っていたのか？」

あんなことというのは神力の譲渡の訓練はまだ続けるべきだという話だ。

「だがー」

ツクヨミは渋る。ホシノは、目を細めつつ、腕組みをした。

「なあ、ナギちゃんはいい子だと思う、思うけどな」

「ああ」

「おめえ、女子高生に……、いや、やめとこ」

ホシノは呆れ顔のまま、ぽかんとするツクヨミをまじまじと見た。

「あー、こういうとき、止めるべきなんだろうかねえ」

「何なんだ？」

ツクヨミはホシノが何を言いたいのかよくわからない。

「あー、もう行くぞ。こんなことして出歯亀(でばがめ)のような変質者だって思われると、印象が悪いからな。行くぞ！」

ホシノはしゃがみこんだツクヨミの襟(えり)をつかむと、そのまま引っ張る。

「あー」

ツクヨミは名残惜(なごりお)しそうに手を伸(の)ばしながら引きずられていった。


同時刻(どうじこく)。

「!?」

ナギがみるると抱き合っている中、安心院先生が機敏な動きで左右を見回した。

「どうしたんですか、安心院先生？」

タロウが安心院先生に聞いた。

「いえ。なんというか、ラヴの波動を感じたのだけど」

安心院先生はきょろきょろと周りを見ている。頭のぴょんと飛び出たアンテナのような髪がふるふると震えていた。先生曰く、このアンテナが恋の波動を感知するらしい。

「思春期の高校生の学び舎ですから、いくらでも波動くらいありますよ」

タロウは高校生らしくないことを言いながら、宿題の続きを始めた。

6

「きょうはパーティーだー」

みるるがペットボトルを掲げて声を上げる。

「はいはーい。お静かに。あんまりうるさいと追い出すわよ、小動物」

モナカがどすっとテーブルにケーキを置いた。コンビニのショートケーキだが、特別にチョコプレートが載せてあった。

『神通力発見おめでとう』

ナギは、プレートを見てまたぶわっと涙があふれてきそうになる。ぎゅっと目を閉じて我慢して、にいっと笑った。

「へへへ。まだ半分ですけど」

「何の能力かわかっただけマシでしょうよ。今後、動きもしない重りを動かす必要なんてないんだから。あれけっこう間抜けよね」

「ううっ」

入学当初、ひたすらやっていた記憶がある。

「いやいやふくごうのうりょくしゃのかのうせいもある」

「はいはい。それより、なんで小動物がチョコプレートに手を出しているのよ」

モナカはみるるの手をぺしっと叩く。

「うー。モナカのじゃくてんをのぞいてやるー」

「はいはい」

モナカはみるるを軽くあしらいつつ、ケーキを皿に載せる。ナギの好きな苺のショートケーキだ。

「いちごー」

「はいはい、あんたはチョコケーキね」

モナカがみるるをあしらうのを見て、ナギにはある懸念が生じた。

「ねえ、モナカ」

「モナカ言うな」

「私が精神感応能力者だったら、プライバシーとか大丈夫？」

精神感応能力者は、相手の思考を読み取ってしまうことがある。もし、何か不具合があるようならちゃんと聞いておかないといけない。特に同室だと、何かあったときが困る。

モナカは呆れたように息を吐く。モナカの前にあるのはチーズスフレだ。

「はいはい。この小動物連れ込んでおいて、今更何言ってんだか」

「がおー」

みるるはライオンの真似のような手つきをする。小動物ではないという意思表示だろうか。

「でもさ、私の能力はしばらく安定しないだろうし、変にのぞいたりしたらどうしよう。モナカに迷惑がかかるんじゃないかって」

「あのねえ。この私に、何か、弱みになるようなものがあると思う？　ってか、これまでどんだけ迷惑かけてきたと思っているのよ」

「それを言われると何も言えない」

ナギは入学以来ずっとモナカの世話になっていた。

みるるは床に這いつくばり、ベッドの下を見ている。

「ベッドのしたにはなにもなーい」

モナカの弱点を探しているようだ。

「サガミと一緒にしないで」

モナカはみるるの頬をつねる。

最近では、モナカも平気でみるるに触(ふ)れるようになっていた。みるるの神通力がだいぶ安定したこともあるが、みるると仲が良くなったことも起因しているとナギは考える。

「ナギはテレパシストのことをかしんしている。わたしのようにさいのうあるびしょうじょならともかくナギはまだまだひよっこ。なによりわたしからかなりつよくねんじないとじゅしんできないレベル。モナカのこころをよむなんてむりよりのむり」

「それもそうだけど」

ナギはうなりながら、ショートケーキの苺をフォークで突(つ)き刺(さ)す。

「わたしのようなてんさいならともかく、ふつうのひとにはしょせんスマホていどのきのうしかもちあわせていないのだよ。たがいにテレパシストであることがぜんていじょうけん」

みるるはチョコケーキを突き刺したフォークを掲げる。

「お行儀(ぎょうぎ)悪い。じゃあ、今のナギはスマホがようやく使えるようになったわけね」

「ははは。じゅしんしかできないから、おこさまケータイみまんのきのうだよ。こんどからつかれたらナギをスマホなしによべる」

「へえ。すごいわー」

モナカはわざとらしく拍手をした。

「はい、半人前の未熟者(みじゅくもの)でございます」

ナギは思わず正座をしてしまう。神通力が判明したのはいいが、落ちこぼれのままには違いない。

「私、精神感応(テレパシー)能力のことよくわかんないんだけど、神通力が芽生(めば)えたばかりのときってそういうものなの？」

「いや、ナギがとくべつへん」

「へえ、特別変なのねえ」

「うー、二人して見ないで。わかっただけでも、大進歩なんだから」

ナギはケーキを食べる。モナカとみるるはすでにケーキを食べ終えて、ポテトチップスやチョコレートに手を伸ばしている。

「ナギの燃費はあまり変わりないわね」

「ナギのたいしつだからねえ。あとテレパシストはひかくてきていねんぴ」

それでも、みるるはナギの五割増しくらい食べる。

「ふーん。ともかくナギでもそのうち使いこなせるようになるでしょ。スマホ代の節約になるかしら？」

「どうかな。ナギはこれからむずかしくなるとおもう」

みるるの言葉に、ナギも頷く。

「あじみせんせいいわく」

安心院先生に言われていた。

『ナギちゃんの場合、経験不足だから使いこなせないというより、そういう風に設定されている雰囲気よね』

ナギが受信しかできないことをこのように説明された。

(思い当たるところはあるんだよな)

ナギは長年たけると精神感応能力（テレパシー）でつながっていた。基本、たけるがナギに一方的に話しかける形だ。

その癖（くせ）なのだろうか、ナギは相手から集中して話しかけられないと聞こえないようになっている。

『というか遮断（しゃだん）に近いのよね』

ナギというスマホに対して、正しい電話番号を打ち込まないと送信できないという。だから、みるるのようなナギに近い存在なら受信できた。それでも、かなりみるるに集中してもらわないといけない。安心院先生に至（いた）っては、断片的（だんぺんてき）にしかナギは聞き取れなかった。

「これはこれでいいとかせんせいはいってた。へんにせいぎょできないと、はっしんとじゅしんをむさべつにくりかえして、プライバシーなんてあったもんじゃないって」

「あー、それは困るわね」

モナカはこんにゃくゼリーをちゅるんと食べる。

「ナギのとくしゅたいしつのばあい、むさべつにそうしんじゅしんしたらおかしなぐあいになる。あらかじめせいげんがかけられているほうがいいって」

「逆（ぎゃく）についてたと思うようにしてる」

ナギは苦笑いしつつ、たけるのことをまだ考えている。

（たけるからはあんなにはっきり聞き取れたのに）

ナギは耳たぶのピアスに触れる。ナギの体を乗っ取られないためとはいえ、このピアス型の制御装置（せいぎょそうち）をつけている限りたけるの声は聞こえない。

（今、どうしているんだろう）

ナギは、世話の焼ける兄を思い出しつつ、ショートケーキのスポンジにフォークを突き立てた。

第2話

スサノオ会の狙い

1

ああ、だるいとたけるは思う。

全身に滝の水を受けねばならない。今はまだ問題ないが、これからどんどん寒くなっていく。雪が降り積もる中で、未成年に滝行を強いるのはどんな児童虐待だよと言わずにいられない。

とはいえ、たけるが現在所属している場所は、スサノオ会。悪い意味での新興宗教の代名詞であり、警察に言えないことをたくさんしている団体だ。

そして、たけるはそんなお天道さまに申し開きができないような団体の象徴として存在している。

現人神『スサノオ』として。

「スサノオさま。こちらにお着替えを置いておきます」

「……」

滝に打たれたままなら返事なんてできない。無言のまま、滝から上がる。

びちゃびちゃに濡れた白装束は気持ち悪く脱ぎにくい。

たけるは手を伸ばし、目の前にいる従者を見る。ショートカットの女性で、お世辞にも愛想がいいとは言えない表情をしている。

『猫田さーん。はーい、スマイルスマイル』

『むやみやたらに、話しかけないでください』

猫田は精神感応能力者だ。しかもかなり高位で、国内でも十本の指に入るだろう。

そんな彼女の不幸といえば、たけるの洗脳を命じられたことだろうか。

幼いたけるを思いのままに操るくらい簡単だと思ったスサノオ会はとんだ間違いを犯してしまった。

たけるにも精神感応能力があり、逆に猫田の意識を乗っ取ったこと。そして、猫田はスサノオ会に対して忠誠心どころか恨みを持ち、いつ裏切ろうか算段していたこと。

そういうわけで、たけると猫田はある種の同盟関係を結んでいる。

『さてさて、着替えを手伝ってくれませんかねえ、猫田さん』

『お一人でできるでしょう』

『いやいやスサノオたるもの、威厳を持ちたいと思いまして』

『……』

猫田はたけるの軽口を無視する。

たけるとしては面白くない。最近、ナギと交信ができないので、無駄口を叩く相手がいない。

それだけたけるのことを警戒しているのは、ナギを守る上で大切だとわかるが、それはそれでさみしかった。

猫田はいやそうな顔をしながら、一応たけるの着替えを手伝う。

「今日の予定は？」

「この後、会議が入っております」

「会議ねえ。俺、必要なわけ？」

たけるの存在は象徴であり、決裁権（けっさいけん）はない。なのに会議など出る必要があるのだろうか。

「今回は必要かと思います」

猫田の声は渋かった。彼女がこのような声を出すときは、大体上層部（じょうそうぶ）がろくなことを考えていないときだ。

『それで上は何を企（たくら）んでいるの？』

たけるはまた精神感応（テレパシー）で話しかける。

『……オモイカネが進言しました。今後、教団のために必要なものを』

『どんなもの？』

『ツクヨミノミコトです』

『うわー』

たけるは苦笑いを思わず浮かべる。

ツクヨミノミコト、あの長髪（ちょうはつ）の神さまとやらだ。

本来であれば、たけるではなくツクヨミがスサノオの地位にいたはずだ。その未来を変えるために、たけるの祖母が幼少のツクヨミを保護（ほご）するように仕向けた。

結果、スサノオ会に目を付けられ、祖母は死亡。たけるはこうしてスサノオ会に連れてこられた。

祖母は死の間際、たけるにこれから起こるかもしれない未来の断片を見せてくれた。その中に、ツクヨミが出てきた。

祖母がこれから起こるであろう取返しのつかないことを回避するために、ずっと行動してきたことを知っている。祖母が死んだ以上、ナギを守れるのはたけるしかいない。

だから、スサノオなんてなりたくもないものにすら甘んじて演じている。

『何を企んでいるのだか』

たけるの問いかけに猫田は答えない。答えなくてもいい。ただ、たけるの言う通りに動いてくれればいい。

彼女に選択肢はない。

スサノオ会に復讐するという彼女の願いを叶えるためにたけるは必要不可欠な存在だ。

だから、猫田はたけるに利用されるし、利用する。

それだけの関係なのだ。

2

禊を終えたたけるは、スケジュール通り会議室へと向かう。

いや、会議室という呼び方で正しいのだろうか。

到着した部屋は、五十畳は軽くある板張りの広間だった。

左右には、スサノオ会の上層部の面々と数人の神がいる。たけるとよく遊びたがるナンバー2のカグツチもいた。カグツチはたけるを睨み、座布団の上で胡坐をかいている。その横には、ふっくらを通り越した体格のオモイカネがいる。

たけるの座る場所は、広間の一番奥。ひな壇になっており、そこだけ畳が敷いてある。時代劇で言えば、お殿様が座る場所と言ったらよいだろうか。ともかく一番偉そうな場所だ。

たけるは金糸刺繡の入った座布団の上に座り、ひじ掛けに寄りかかる。

猫田ともう一人の中年男性がたけるの左右に座る。中年の男は、猫田と同じく精神感応能力者でたけるを洗脳している、ということになっている相手だ。

彼の場合、猫田と違う。たけるのことを完璧に洗脳し、自由に操ることができると、信じ込んでいる。

確か八百万の神の名をもらっていたが、たけるが口にすることはない。たけるにまんまと騙されているような能力者が神の名前を冠するのは、分不相応すぎる。

「では定例会を始めます」

たけるが来たことで会議が始まる。逆を言えば、たけるが来なければ会議が始まらないのだろうかと思ったが、そういうわけにもいかない。

議長が何やら口上めいたことを述べる。妙なスローガンめいたことを復唱する。たけるとしては、前置きはいいから早く始めろと言いたくなる。小学校の始業式みたいなことをこんな場所でもやるとは思わなかった。そんなことをやるくらいならまともに義務教育を果たしていただきたかった。

「さて、今回の議題ですが、僕から発言させていただきたいと思います」

挙手するのは、オモイカネだ。手にはマシュマロを携えているが、会議中でも燃費の悪い神通力能力者はおやつの携帯を許されている。オモイカネの隣には、常に発火能力者のヒミコがいて、マシュマロを適宜ほどよく焼いていた。甘ったるい匂いが充満するが注意する者はいない。

オモイカネがいなければ、現在のスサノオ会はなかっただろう。若造のたけるに、脳筋のカグツチは侮られているが、オモイカネは違う。

「今年も神在月の集会が近づいてまいりました。本来であれば、神というにはふさわしくない者たちが神の名を冠し、神の真似事を行うなど神罰に値する行動です」

どの口が言うのかとたけるは思う。

「そして、今回、本来であれば我がスサノオ会にいるべき者が、畿内での集会に出席します」

「ツクヨミノミコトだろうか」

「ええ。今はそう呼ばれていますね。気に食わないのですが、便宜上そう呼びましょうか。

番号で呼ぶのも味気ないですからね」

　オモイカネは細い目をさらに細くする。温めたマシュマロをホットココアの上に浮かべ、表面が溶けるのを観察していた。

　スサノオ、カグツチ、オモイカネ。神の名前を与えられているのはごく一部で、猫田もまた番号で呼ばれている。スサノオ会に集められたヒミコの多くは誘拐まがいに連れてこられ、洗脳によって過去の名前を忘れていた。猫田もまた自分の名前を忘れ、かろうじて名字だけ思い出してたけるに呼ばせているのだ。

　ツクヨミノミコトの誘拐。いや、彼らとしては正当な権利なので、保護と言うべきか。

　こう来たか、とたけるは呆れる。

　どれだけ無謀なことだろうか。たけるの見立てでも、ツクヨミノミコトと対峙するのは難しい。よほど、条件よく相手をがんじがらめにしないと無理だろう。

　それこそナギがいればやりようがあるが、現在の状態でナギの力を借りることは難しい。

　何よりたけるはスサノオ会にツクヨミノミコトを戻そうなどとは考えてもいない。彼はこちら側に絶対いてはいけない存在だ。

　たけるは考える。このまま黙っていようか、いやずっと無言のままなのもよくない。

「何か策があるのか？」

　あくまで尊大な態度で、たけるはオモイカネに聞いた。

「ええ。いくら僕でも三貴子の一柱が簡単に捕まるとは思えませんよ。ですが、彼の神通力は何かわかりますか？」

「公式では、観念動力（テレキネシス）と瞬間移動（テレポート）だが」

「はい。でも他に神通力を持っていてもおかしくはないでしょう。ただ、精神感応能力（テレパシー）はありません」

「根拠（こんきょ）は？」

今度はカグツチが聞いた。

「僕の神通力をお忘れですか？」

オモイカネはココアに浸（つ）かったマシュマロをつまむと口の中に入れた。

先見、神通力の中でも特別扱いされる能力だ。神力が少なく能力も安定しないが、珍重される理由がある。

「いくらツクヨミノミコトが国で五本の指に入る神通力が使えるとしても、精神感応能力（テレパシー）に至ってはその限りではありませんね。何より彼が私たちの下から離れるまでは、従順であったと聞きます。彼はきっと洗脳を受けているのでしょう。僕たちが救い出すことで、真実に目覚めさせないといけません。スサノオ会には優秀（ゆうしゅう）な精神感応能力者（テレパス）が複数います。目覚めさせることはたやすいはずです」

たけるは思わず吹（ふ）き出しそうになった。

何を言っているんだこいつ、以外の言葉が浮かばない。猫田はポーカーフェイスを気取っているが、内心はどれだけ心に荒波が立っているだろうか。

もちろん、オモイカネは本気で洗脳を解く（と）とは言っていないはずだ。洗脳するの間違いだろうが、それはたけるやカグツチの前で言うわけにはいかない。

オモイカネは、スサノオ会に利用される側ではない。利用する側として存在している。

「ツクヨミノミコトか。戻ってきたら、手合わせを願おう」

カグツチはなんら疑問にも思っていない。発火能力者（パイロキネシスト）である彼に精神感応（テレパシー）に対して防御する術（すべ）はない。スサノオ会の洗脳は、全員が全員個性のないロボットにするわけではない。ただ、記憶に残る愛情の向かう先や、取り組んでいた目的をスサノオ会に都合がよいように挿（す）げ替（か）えていくのだ。

重鎮（じゅうちん）の一人が手を挙げる。

「ツクヨミノミコトを保護するには、オオヒルメノミコトをどうするのだ？　他にも従者に精神感応能力者（テレパス）がついていると聞くぞ」

オオヒルメノミコト、国でもっとも権力を持ったヒミコの一人であり、惟神學園の創立者兼（けん）學園長だ。猫田よりも数段上の実力を持つ精神感応能力者（テレパス）だ。

「ええ、オオヒルメノミコトについては、僕に考えがあります。いくら神通力を持とうと、年には敵（かな）いません。神在月の集会という祭りの中では、責任者として忙しいはずです。多少、業務に負荷をかければどうなるかおわかりですか？」

「そううまくいくものですかな？」

「ええ。僕が見た未来ではね」

オモイカネの『未来』という言葉に、幹部たちは弱い。彼の言う通り動いてきたからこそ、ここ数年のスサノオ会の発展は目覚ましい。何度も警察沙汰になりながらも、無実を勝ち取ってきたのは、オモイカネの先見によって作られたコネクションのおかげだ。

「さて具体的な案について、僕からプレゼンしましょうかね」

オモイカネが手を叩くと白い幕が浮かび上がるとともに、画面が映し出される。

「間違った民たちを導くのは神たる僕らの仕事です。そのためにも、偽物の資格を与えられた神まがいをどうにかしましょうか？」

オモイカネはにっこり笑い、幹部たちもどよめく。

たけるはひたすら厄介だと思った。

何度も立ち向かってくるカグツチのほうがよほど楽だった。

第3話

バイト

1

金曜日、六時間目の授業は眠い。教科は古文で、聞き慣れない言葉がゆえに眠気をさらに誘う。

（うう、眠い）

授業は教科書に載っている古文を読み解くことが基本だ。だが神さま学校ならではというのが授業の最後に短歌を作ることだ。短冊用紙に筆ペンで書いて提出する。

「では、今日は枕詞『茜さす』を使った短歌を作ってなー。残り時間で作れなかった場合は、いつもどおり職員室まで来て提出。締め切りは月曜の朝までやけんね」

古文の授業はこれまた似合わない風貌の先生である夜刀神だ。

夜刀神は、江道大社の職業見学に引率としてついてきていた。江道家のお家騒動でいろいろあったため、ナギたちより数日遅れて惟神學園に戻ってきている。

「できた子から終わりなー」

みんなが頭を抱えてうなる中、最初に教卓に向かう影がある。

「早いなー」

「たった三十一字なんで」

すました顔で言うのはトータだ。トータはようやく今日になって授業に参加した。

江道大社のお家騒動、トータの父である大山津見神が引退したことがちょっとしたニュースにもなっているのでみんなは事情を聴きたくてそわそわしていた。

(たとえ聞いたとしても教えてくれないだろうな)

トータのひねくれ具合は、クラス中どころか学年中知れ渡っている。

とはいえ、トータもいろいろ疲弊しているだろう。

(大丈夫かな)

ナギは教室を出るトータを見たが、そんな余裕はなかった。

古語辞典を引きながら、うなりつつ三十一字をひねり出す。

2

翌日、土曜日はバイト初日となる。

バイト先は神藏市、人口八十万人ほどの地方都市だ。新幹線が止まる中継地点としてナギも帰省でよく利用しているが、街中を歩くのは初めてだ。

惟神學園からの距離は近いほうだろう。近いと言っても車で一時間近くかかるが、学生バイトはまとめてバスで通勤となるので楽なものだ。

「バイトバイト!」

ナギの横の席にはみるるがいる。

「なんで小動物がいるのよ？　あんたはバイトじゃないでしょ？」

モナカが前の席から乗り出して言った。モナカの隣には同じクラスの子が座っている。

「まちちょくつうのむりょうバスがある。それをりようしないでどうするというのか？」

みるるは実にちゃっかりしている。

実際、バイトの人員以上の人数が乗っているらしく、暗黙の了解でバスも発車しているのだろう。

「外出許可は取ってるの？」

「ほれ」

みるるはモナカに紙切れを見せる。

「許可、よく取れたわね。夏休みは監視付きじゃなかった？」

「そうだね」

ナギは夏休みの遊園地を思い出す。みるるの神通力が安定しないのと、家族関係が危ういので引率が必要なはずだ。

「じんつうりきについては、せいぎょそうちがあんていしたのでおっけーもらった」

「それはめでたい」

ナギは拍手をする。

「あといんそつについてはレイリせんせいがついている」

「レイリ先生なら安心だけど、レイリ先生はバスにいないよね？」

「くるまでいくっていってた」

「あー」

ナギは一度レイリ先生の車に乗せてもらったことがある。派手(はで)なオープンカーで、かなりスピードが出ていた。

「じゃあ小動物も車に乗せてもらえばよかったんじゃない？」

「あれにのるなんてとんでもない」

（わかる……）

レイリ先生の運転は少々過激(かげき)だった。

3

バスから降りると、モナカやみるると別れる。モナカは瞬間移動能力者(テレポーター)なので別の場所での仕事だ。

「打ち合わせ場所は離れているね」

「私たちは先に別の仕事があるみたいね」

モナカがじゃあと手を振る。

「さて、私と共に行こうか？」

きりっとした顔のざくろがナギに手を伸ばす。わざとらしく膝(ひざ)をついていた。絵本に出てくる王子様の真似だろうか。

「膝汚れるよ。服、似合っているね」

学生服のスラックスもそうだが、私服もメンズブランドだ。動きやすさを重視したパーカーにジーンズだ。

「なんかおそろいコーデっぽいね。カップルと間違えられないか心配かい？」

「そんなことはないよ」

ナギも似たような恰好だが、スタイルが良いざくろの横に並ぶと兄妹くらいには見られるかもしれない。

「ともかく集合場所に移動しようね」

「そうだね。他の子はいないの？」

「念動力のヒミコって男の比率が多いし、女の子の中には馬鹿力扱いされるから隠したがってる子もいる」

「なるほどー」

ナギはぽんと手を叩く。

他の参加者といえばサガミやタロウは、祖父江先生の引率で現場に行くと言っていた。先生も現場監督として参加するのだろう。

ナギはざくろとともに集合場所へと向かう。街中は祭り前のそわそわした空気が漂っていた。

整備された石畳は地元のお城をイメージしているのか渋い色合いだった。その関連のゆるキャラだろうか。武士姿の犬の着ぐるみが、子どもに風船を配っていた。掲示板や壁に『神在月の集会』のポスターが貼られている。學園長をトップにその後ろに月読命がいた。背後には何柱も神さまがいて、ちゃっかり夜刀神もいる。

クリスマスのイルミネーションではないが、竹灯籠がいたるところに配置されていた。夜のライトアップが楽しみになる。

「ツクヨミノミコトは人気だねえ」

「そうだねえ」

月読命の本性を知らなければ、ミステリアスな神さまだとみんな思うだろう。テレビ映りだけでなく写真映りもよい。

さっきもポスターの前で若い女性がじっと見ていた。

ナギはそういえばと、ざくろを見る。

「前にざくろはツクヨミノミコトのことを知っているみたいな言い方してなかった？」

江道大社でのことだ。ナギとざくろが隠し地下室から逃げてきたとき、月読命に遭遇した。

「ああ。あのことか」

ざくろは「んー」とうなる。

「あんまり他人に言えないこと？」

「ナギならいいかなあ。うちの學園でも知っている人は知っていることだし」

ざくろは歩幅をナギに合わせながら歩く。集合場所まで結構距離がある。

「十年以上前に、超自然学派に誘拐された子どもたちが一斉保護されたって事件知っている？」

「……知ってる」

有名な事件だが、ナギはそれ以上に詳しく知っている理由がある。その事件が発覚したのは、ナギの祖母の予知によるものだった。

ナギの祖母が超自然学派に恨まれているとしたら、それが原因だろうと何度も聞いた。

「私は誘拐された子どもの一人だったんだよ」

「えっ⁉」

「ははは。安心して。保護された当時三歳だったかな。記憶はほぼないし、誘拐されて間もない頃だったかねえ」

ざくろはあっけらかんとした言い方だ。

「でも一つだけその頃の記憶が残っているんだ。同じ誘拐された子どもたちの中で、一人ずば抜けてすごい子がいて」

「それが、月読命だったと」

「ああ。知ったのは私が中等部に入ったときかなあ」

ざくろは懐かしみつつ言った。

（師匠も苦労していたんだ）

しかも、祖母が関係した事件だったのは偶然とはいえ驚きだ。

（こういうとき、なんと言えばいいのかなあ）

大変だったねえ、と言えばいいのか。それはあまりに無責任な他人事のセリフではなかろうか。

かといって、何も言わないのが正解とも言い難い。

するっと気が利いた言葉が言えたらいいのに、ナギは器用にできない。

「……」

「はは。悩んでる悩んでる」

「困らせるために話した？」

「何を言ってるんだい？　聞いてきたのはナギのほうだろう」

「それもそうでした」

ナギはぺこりと頭を下げる。

「じゃあざくろが江道大社で誘拐だなんだと言ってたのって、そういうことが原因？」

正義感にしては行き過ぎたところがあった。

「それもあるけど、義両親の影響も強いかな」

「義……」

また聞いてはいけないワードが出てきてしまった。

みるるといい惟神學園ではヘビーな境遇を何気なく言う生徒が多すぎる。

「気になるー？」

「いえ、聞かなくてもいいです」

「いやいやせっかくだから話しておくよ」

「重い話はおなか一杯（いっぱい）なんだけどなあ」

ナギがなんと言おうとざくろは話し続ける。

「うちは誘拐されて間もなくだったから、両親がすぐわかったけど、どちらも一般人だったからヒミコの扱いを持て余（あま）してしまったんだよ。最初は良かったけど、何年かして私が十にもなると神通力がどんどん強くなって……怖（こわ）くなったんだろうな」

ざくろの話は止まらない。

「それで有識者（ゆうしきしゃ）の下に預（あず）けようという話になって、江道大社に相談しにいったんだ。江道大社は知っての通りヒミコを集めた養護施設（しせつ）を運営している。預け先としてはちょうどいいとなっていたんだけど」

「だけど」

「反抗期（はんこうき）が始まったトータに面談中に遭遇。自分の息子すら持て余す姿を見てうちの両親は江道大社に預けることを断念。当時の警察関係者が保護者となり、中等部になって惟神學園に入ったわけ」

「あー。なんかトータくんに借りがあるみたいな話をしていたのは」

「そーいうこと。私は江道大社に預けられなくてよかったと思うし、義両親も私をかわいがってくれた。惟神學園の生活は気に入っているからね」

確かにざくろはいきいきしながら生活している。江道大社に預けられていたら、こうも好きに生きていなかっただろう。正義感が強いのも義両親の影響があるのかもしれない。

（警察関係者といえば）

ホシノさんも親が警察官だと言っていた。月読命の世話をしているのもその関連だろうか。

しばし歩いていると大きな看板を見つけた。

「さて、あそこかな？」

待ち合わせ場所に指定されたのは、公共施設の前だ。市役所と図書館が一緒になっている複合施設で、ロータリーに学生らしき集団が数十人いる。ざくろの言う通り、九割が男子でその中にサガミとタロウもいた。半数近くが知らない顔で、學園外の人たちだろう。

「ナギ、こっちだよ」

タロウが手を振って呼ぶ。

サガミは自動車の侵入防止用アーチの上に座っていた。そのサガミはなぜか不機嫌そうな顔をしている。

タロウもちょっと困った顔をしている。

「どうしたの？」

ナギは何かを察してタロウに小声で聞いた。

「ははは。サガミはけんかっ早いだろ。他校の生徒に絡(から)まれやすいから、気を付けているところ。祖父江先生は打ち合わせでいなくなったので、監視する人もいないし」

「そういうことね」

ナギは納得してしまう。

惟神學園の生徒は、神さまを目指す者が多いので概(おおむ)ね素行(そこう)が良い。多少癖がある人間はいるが、逸脱(いつだつ)して不良行為を行う生徒はいない。

「私たちが来ても別に喧嘩の仲裁をするつもりはないよ」

ざくろがすげないことを言った。

「喧嘩を売ってきそうなのは男子の比率が高い念動力(サイコキネシス)専門学校の人たちだからね。女子がいるだけでけん制になるんだよ。女子の前で格好つけようとするから」

「……」

ナギはちらっと周りを見る。一応、ナギが女子だからか、視線が集まっている気がする。少し居心地が悪い。

「むしろやっかみで喧嘩を売られそうだけど？」

「念動力(サイコキネシス)系って見た目の割に男女関係シャイな人多い傾向(けいこう)にあるって祖父江先生は言っていたよ」

「そうだね、私のようにね」

ざくろが髪をかき上げながら言った。

「言うまでもなく例外はいるけどね」

「ははは。タロウのことかなー」

ざくろはタロウの肩をばんばん叩く。なおタロウは意外ともてる。

「ざくろもバイトに参加したのね」

名前は知らないが顔は見たことがある先輩(せんぱい)が近づいてきた。

「先輩、今日はスポーティでいいですね」

「やだー、口がうまいんだから」

ざくろが来たためか、数少ない女子もこちらに集まってきた。短時間でハーレムを作ったためか、他校の生徒が睨んでいる。

(見た目は完全に男子だもんなあ)

顔立ちもだし、身長もスタイルもいいが、女子の体格とは言い難かった。

「ざくろ、本当にもてるねえ」

タロウがスマホで時間を確認しながら言った。

「タロウくんもけっこうもてるよ」

ナギは本音(ほんね)で返す。

「ははは。僕の場合は、周りが幼いせいで成熟して見えるだけで、付き合うとしたら味気ないって言われるタイプだよ」

「タロウくんはシビアに現実を受け止めすぎだよ」

そう言われたら否定はできないがタロウが他の男子よりも落ち着いていると評判なのは事実だった。

「そろそろ時間だから並んでおこうか」

「そだね」

ナギはざくろハーレムのはしっこにくっついて、タロウはいらいらしているサガミを引っ張った。

4

バイト内容は簡単だった。

集合場所に運び込まれる荷物を指定の場所に運ぶだけだ。ただそれだけだが——。

「箱の重さは二十キロから五十キロまである。各々自分の能力を過信せずに運ぶように」

現場監督の祖父江先生が説明してくれた。

「何が入っているんですか？」

「現代アーティスト制作のモニュメントだ。神在月の集会に合わせて作られている」

「材質は何ですか？」

「いろいろだ。木材から石膏（せっこう）、鉄塊（てっかい）まで。壊れにくい素材を使っているが、雑に扱わないように」

「どこまで運ぶんですか？」

「この複合施設の中庭だ。中庭までトラックで運べないかといえば運べない。理由はデザイナーズ建築の施設だからだ。故（ゆえ）にとても近いようで遠い。ショートカットのために途中瞬間移動能力者（テレポーター）に運んでもらうので所定の場所で荷物を下ろすように」

祖父江先生は妙にとげのある言い方をしていた。合理性を好む研究者としては、お洒落（しゃれ）のために機能を捨てているのが許せないらしい。なお、お洒落さという面ではいくつも賞を取っており、宣伝効果抜群（ばつぐん）の施設だそうだ。

「これだけなら一日で終わらないかな？」

重さはあるが念動力能力者（サイコキネシスト）が数十人もいればすぐ終わりそうだ。

「組み立ても含（ふく）まれているし、他に何現場かあるよ」

「そうなんだ」

ともかく日数分は日給がもらえるなら良しとする。

ナギはとりあえず木箱を二つ抱える。

「……それ何キロくらい？」

ざくろが不思議そうにナギの荷物を見る。

「合わせて四十キロくらいかな？」

　みるる二割増しくらいの重さだ。

「普通に念動力能力者(サイコキネシスト)って言われても納得しそうな気がするけど」

「残念だけど違いました」

　ナギはにっと笑う。

「へえ、何の能力？」

「精神感応能力(テレパシー)っぽいけどまだ受信しかできない状況。変に思考は読んだりできないからそこは安心してほしいな」

「ほお。なんかさらっと言っているけどめでたい話だ。祝福のバラの花束は何色がいいかい？」

「気持ちだけ受け取っておくね」

　もらっても飾(かざ)る場所がない。

「どいたどいた」

　ナギとざくろのやり取りの横をサガミが通り過ぎる。大きな箱を三つ重ねており、かなりの重さのはずだ。

「サガミ、ばてなきゃいいけど」

　タロウは目算六十キロ分の箱を担(かつ)いでいる。他のバイトも大体同じくらいのものを担いでいて、ばてない程度の重さに調整していた。

　あくまで神通力は補助的(ほじょてき)な使い方をしている。

荷物は階段の前まで運び、そこで瞬間移動能力者（テレポーター）に上に運んでもらう。

「モナカ」

「モナカ言うな」

モナカは持ってきた荷物を淡々（たんたん）と階上に移動させている。神通力を使う割合が高いため、交替制（こうたいせい）でやっているようだ。

何往復かしていると、惟神學園の生徒は優秀なのだとわかる。持っている荷物の量もあるが、スタミナが違う。ペースを落とさずに荷物を運び続けていた。

「うちの學園はやっぱり名門なんだね」

「ずっと一緒にいるとわからないけどね」

タロウもさっきと変わらない量の荷物を抱えている。

「でも他校でもたまに化け物がいるよ」

タロウが向いたほうに一人大きな荷物を抱えている人がいる。

さっきからサガミと張り合っているのか同じだけの荷物を運んでいた。

サガミも闘争心（とうそうしん）がわいたのか、木箱を追加して運んでいる。

「ああいうのとか」

「わー、わかりやすいくらいライバル意識芽生えている」

「一触即発（いっしょくそくはつ）にならないといいけど」

タロウは心配している。

ナギは他人事のように大変だなと思いつつ荷を下ろす。

何事も起こらなければいい、それは何かが起こるフラグでしかない。

5

予想通り問題が起きたのは昼休憩中だった。モナカたち瞬間移動班も合流して、市役所の食堂で昼ご飯を食べていた。バイトにはもれなく弁当が配られていた。

「なあ、やっぱうちの学校が一番レベル高いな」

サガミは周りにも聞こえる声で話す。

(いやそうだけど)

「サガミ、黙んなさい」

モナカはお手拭きで指先を丁寧に拭く。

「だってよー。他の学校の奴ら大したことなかっただろ」

ふんっと鼻息を荒くするサガミ。

「サガミより神力の量が多いヒミコなんてそうはいないよ」

タロウが言った。

「神力の大きさだけで祖父江先生の実験動物扱いされるなんてよほどのことだよ」

サガミの顔が引きつる。

「ったく、祖父江先生。この間も血をたっぷり抜きやがって」

「抜かれてたねえ」

ナギはペットボトルの蓋を開ける。

「あんな扱い、違法だ。それこそ超自然学派の奴らみたいだろ」

サガミは割りばしを割って、弁当の卵焼きに突き刺した。

「やべー宗教団体とかあるだろ。なんだっけ？　スサノオ会とかいうやつ。人体実験繰り返して、幼児誘拐するとかいう」

ナギは手が止まる。

「なんでああいうのって捕まんないんだろうな。上に政治団体とかついているんかねえ」

サガミは學園外ということでちょっと気持ちが高ぶっているらしい。レイリ先生曰く、公共の場では政治と宗教と野球の話をするなと言われている。以前、公共の場でそのようなことを話してしまい、神さま試験に落ちた成績優秀者がいたらしい。

「サガミ、汚い」

くちゃくちゃと卵焼きを咀嚼しながらしゃべるのだから、モナカが苦言を呈するのは仕方ない。同時に苦言と称してこれ以上何も話すな、という注意でもある。

なお、ナギとしてはものすごく気まずい思いをしている。さっきまで他の女子とおしゃべりしていたざくろもサガミを見ていた。

「サガミさあ、そういう話題ってあんまり大きな声でするもんじゃないってわかるー？」

ざくろが横入りしてきた。タロウもモナカも空気を読めという顔をしている。

「わかってほしいなあ、神さま目指すならね」

ざくろの呆れ顔にサガミはむっとする。

「なんだよ、それ。本当のことじゃねえか」

「なにが本当のことだって」

ずんと大きな体軀がサガミの前に立ちふさがった。ナギよりも年長だろうか。がっしりとした体つきの短髪男子だ。

眉間にくっきりしわを寄せて、明らかに不機嫌な顔に見える。

「なんか好き勝手なこと言っているようだな？」

ナギは冷や汗をかく。サガミは、他校の生徒がいる前で彼らを貶めるような発言をした。相手が怒るのも無理はない。

「ちょっとサガミ」

ナギはサガミの袖を引っ張る。モナカもサガミを睨んでいる。タロウは周りを確認していて、ざくろは他の女子たちをなだめていた。

「ああ、悪い悪い。声が大きかったな。すまんすまん」

サガミは一応謝っているが火に油をそそいでいるようにしか聞こえない。相手はぎゅっと握った拳を振り上げる。

「調子に乗ってるんじゃねえぞ」

サガミの弁当が宙に舞った。

ナギは飛び散るご飯やおかずを見ながら、ぼんやりともったいないと思った。それだけナギにとって突拍子もない光景で、事態を把握するのに数秒のタイムラグが生じてしまった。

「なにすんだ！」

サガミは立ち上がる。

相手はサガミの身長よりも何センチか高い。鼻先が触れあいそうな距離にいて、にらみ合っている。

「惟神學園ってだけでずいぶん偉そうにしている奴がいるもんだ」

「それと弁当捨てるの、何が関係しているんだよ？」

サガミはひるむことなく、言い返す。誰よりも荷物を運んだサガミなので誰よりも腹が減っているはずだ。

事の発端は大したことではない。サガミが食事中に軽口を叩いたせいだ。他の学校と比べて惟神學園の生徒のほうが優れている、そんなことを大声で話されてはいい気持ちはしない。

「せ、先生は？」

「いないね」

タロウは冷静にスマートフォンを取り出して、電話をかけている。

ざくろは面白そうに見ている。

モナカは呆れた顔でスマホを触っているが、証拠映像をとっているのだとわかる。

周りは遠巻きにひそひそと話していた。

ナギは口をパクパクさせるしかない。何かやらなくてはいけないと思い、落ちた弁当を片付け始めてしまった。完全に混乱している。

「なんだこいつ」

短髪男子がナギを訝し気に見る。

「ナギ、んなもんあとでいいから、どいてろよ」

サガミとしてはナギを巻き込む気はないらしい。しかし、このまま喧嘩になっても困る。市役所の食堂を借りて昼食をとっているので、周りの目も怖い。

「サガミ、とりあえず落ち着こう」

「なんで俺が落ち着く必要があるんだ？　あいつが昼飯台無しにしたんだろうが！」

「私のお弁当あげるからさあ」

ナギはサガミに比べて燃費がいい。昼ご飯を抜いたくらいなら平気なはずだ。

「ナギ。危ないから離れなさい」

モナカがナギを呼ぶ。

「そうだよ。放っておきなよ」

ざくろも同意見だ。

ナギもそうしたいところだが、なんだか引くに引けない位置に立っている。

「すみません。声が大きかったですね。お昼休憩が終わってしまいますよ」

ナギは、サガミと短髪男子の間に体をねじ込ませる。

（殴られることは、たぶん、ないはず）

サガミはナギというか、女子に手を出すことはない。相手の男子はどうだろうかと思ったが、ナギを見て気まずそうにしている。この様子だと問題なさそうだ。

「……わかったよ」

引いてくれたのは短髪男子のほうだった。ナギをじっと見ている。

「ど、どうかしました？」

ナギはまじまじと見られて、気まずそうになる。

「いや、あんたどっかで会ったことないか？」

「気のせいかと思います」

ナギは短髪男子の顔に見覚えはない。まさかこんな展開でナンパというわけではなかろう。

「おい。ナギに手を出すのか⁉」

「はい、サガミ、黙んなさい」

モナカがサガミの襟をぐいっと引っ張る。

サガミは口をとがらせながらも椅子に座る。

「はい、サガミ。お弁当。まだ手を付けてないから」

ナギは弁当を差し出す。

「いやおめーの分だろ」

「サガミ完全にスタミナ切れだからさ」

ナギとしてもおなかがすいているが、サガミの燃費は悪すぎる。ナギなら近くのコンビニのおにぎり一つでも持つだろう。

さてコンビニにひとっ走りするかと思っていると、ナギの前に弁当が差し出される。

「えっ？」

「ほれ」

弁当を差し出したのはさっきの短髪男子だった。

「大丈夫だよ。おなかすいちゃうよ？」

「問題ないってか、弁当は余分に用意されているみたいだぞ」

「それなら」

ナギは弁当を受け取ると、椅子に座った。

短髪男子はナギが食べるのを確認するとどこかへ行ってしまった。

「こんなことならサガミに直接渡せばいいのに」

ナギは唐揚げをつまみながら言った。

「それができないのが男なのよ」

モナカが呆れたようにお茶を飲んだ。

6

午後の仕事は、持ってきた材料を組み立てる作業だった。大きな中庭には大量の木箱がずらっと並んでいる。誰かが指示したのか綺麗に整列されてあった。

ここまで行きつくには遠回りをし手間取った。デザイン重視という話を聞いていたが、確かにお洒落な庭だとナギは思った。

くるりと四方を建物に囲(かこ)まれた空間。建物の壁や柱が光によって幾何学(きかがく)模様のように映し出される。綺麗に剪定(せんてい)された庭木は青々としていて、中心にはステージとしても使えるすり鉢状(ばちじょう)の空間があった。

その中心にモニュメントを組み立てるらしい。

モナカたち瞬間移動(テレポート)班はすでに別の場所に移動している。

ナギたちは中庭をぐるりと眺(なが)め、そして大量の木箱を確認した。

「これ、とてつもなく難易度(なんいど)高くない？」

大量に用意された木箱の謎(なぞ)モニュメントは立体パズルといっていい。量からしてかなり大きなものになるし、しっかり組み立てておかないと、倒壊(とうかい)する可能性もある。

「一応、箱に番号が振られているからその順番で置いていけば出来上がるらしいよ」

タロウが取り扱い説明書のようなものを読んでいる。

「上のほうは無理じゃね？」

立体的に組み立てるとすると、高い場所は持つのが難しい。梯子（はしご）は一応用意してあるが、荷物を持ったまま上るのは危険だ。

「観念動力（テレキネシス）使える人いるー？」

タロウが早速仕切ってくれるので助かる。

「俺使えるぞー」

他校の生徒が手を挙げた。

タロウはその生徒の下に小走りで近づく。

「観念動力（テレキネシス）で箱の中身を持ち上げることはできる？　念動力（サイコキネシス）だけでは難しいと思うのでどうすればいいのか考えたいんだ。何か意見をくれると嬉しいんだけど」

他校の生徒全体に問いかけるようにタロウは聞いた。言い方も下手（したて）に出た言い方だ。昼休憩にサガミがやらかしたことを考えての対応だろうか。

（タロウの中身って、本当は熟練のサラリーマンか何かじゃないだろうか？）

ナギはそんなことを考えながら遠巻きに見る。

（あれ？）

さっきサガミともめていた短髪男子がいない。もしかして本当は弁当など余っていなくて、燃費切れを起こしているのではないだろうか。ナギは妙な申し訳なさを感じてしまった。

ナギがそんなことを考えている間にもタロウは話を進めている。

「俺の観念動力（テレキネシス）じゃ、無理だな。できて一番小さいパーツだろ」

「そうだね。観念動力（テレキネシス）じゃあこの重さは無理だと思うよ」

ざくろが他校の生徒に同意する。

「やっぱり難しいか」

タロウは一応、箱の中身を確認する。木箱の重さを差し引くとしても、念動力（サイコキネシス）ほど馬力がないのが観念動力（テレキネシス）だ。

「そもそも、観念動力（テレキネシス）で組み立てられるならそっちも募集しているはずだし、私たちだけで組み立てろって話だろうね」

「じゃあ、どうすんだよ？」

サガミは腕組みをしながら聞いた。あくまでサガミは動く係で、考えることについては他に丸投げだ。

「サガミは黙っててね」

タロウは、サガミの態度に他校の生徒が反感を持つ前に黙らせる。

「そうだねえ、私よりも神通力の格が上か。それとも――」

ざくろはちらっとナギを見た。ナギは以前、ざくろの神通力を強化したことがある。

（む・り）

ナギは笑顔で、ざくろに向かってバツを作って見せる。ざくろは残念そうに髪をかき上げた。

（また鼻血をたらしたいんだろうか？）

ナギの神力強化はまだ使用許可が出ていない。引き続き月読命とともに出力調整を行うことになっている。

「ともかく組み立てられるところだけ組み立てていこうか。足場が悪いところは、観念動力(テレキネシス)使える人が補助してさ」

「わかった。じゃあ、私は体力温存しておいたほうがいいね」

「お願いする」

ざくろは近くのベンチに座ると、サングラスとメガホンをどこからともなく取り出した。

「はい。じゃあ、順番通り並べていこうか」

監督のつもりだろうか。ざくろを知る惟神學園の生徒は苦笑いをし、他校の生徒は「なんだ、こいつ？」と冷ややかな目で見ていた。

できるかできないかはともかくモニュメントを組み合わせるのは楽しかった。木箱から出したパーツには凹凸がありそれを番号順に組み合わせるとぴったりと合う。

どんどん組み立てていって三段目まで組み終えた。

「そろそろ難しくなってきたね」

「私の出番かな？」

鼻を高くしたざくろが前に出る。

「おう、頼むぞ」

梯子に上ったサガミが待機していた。

「じゃあ下から渡すね」

ナギがパーツを取り出し、サガミに渡す。ざくろが補助しているので重さは半分ほどにしか感じない。

「どう？」

「半分くらいの重さ」

「うーん、二人がかりでやったほうがいいかなあ」

「それは難しいと思う。動きがそろわないとロスになる」

他校の生徒も意見をはっきり言ってくれた。

一つずつ組み立てていくので交替で入っても手が余るバイトが出る。

終わりごろを見計らってか、祖父江先生がやってくる。

「終わったか？」

『まだでーす』

声をそろえて返事をする。

「バイトが余っているようだから、余っている子たちは次の現場に行かせとこうか」

「そうですね」

「ところで昼に電話をかけてきたようだが、何かあったのか？　タロウ」

「いえ、問題なく終わりました」

昼休憩のサガミの喧嘩の話だ。

ナギも知らないふりをする。

「タロウ、手が空いている者を集めてくれ」

「はい」

「ナギくんは、タロウの代わりに指示を頼む」

「はい。取説」

タロウから取り扱い説明書をもらう。もらったところで、特に指示することはなさそうだ。

「組み立て終わったら強度確認をしに来るから呼んでくれ。電話番号は――」

「あっ、タロウくんにかけるので大丈夫です！」

「いや、それでは遠回りだろう」

「問題ありません。大丈夫だよね！　タロウくん！」

ナギは祖父江先生と連絡先を交換してなるものかと必死になる。ナギに詰め寄られたタロウは苦笑いを浮かべていた。

「じゃあ、僕は祖父江先生と一緒に行くね。次の場所はわかると思うけど一応地図送っておくから」

「うん」

ナギは祖父江先生たちを見送ると、組み立ての続きへと入る。

「どうなってんだよ、これ」

「ねえ、まだー？　重いんだけどさあ」

「うまくはまんねえんだよ」

ほぼ出来上がっているところだったラスト数個のパーツがうまくはまらないらしい。

「どうするの？　先生呼ぶ？」

さっき見送ったばかりだが、今すぐ呼び出せば戻ってきてくれるだろう。

「いや、大丈夫！」

ごりっと妙な音がした気がした。

「ほ、本当に大丈夫なの!?」

「ほれ、はまったはまった」

「うん、大丈夫大丈夫」

「問題ない」

タロウみたいな例外はあるが、念動力能力者（サイコキネシスト）はおおざっぱかつ脳筋だと言われる。

サガミ及びその他念動力能力者（サイコキネシスト）は、面倒ごとを避（さ）けた。

「こんだけいっぱいパーツあるんだから、一つ二つうまくはまらないこともあるだろ。番号も間違ってないぞ。こんな上のパーツなら倒壊することねえだろうし、あとで祖父江先生が強度確認するなら問題ない」

「うーん」

ナギはとりあえず納得することにした。

第4話

猫田の苦悩

1

猫田は頭を抱えるしかなかった。

今日の仕事は、お守りに近い。いや、子どものお守りのほうがずっと楽だ。

仕事だ、仕事と言い聞かせても、不満が出てくる。

普段のお守りは十六のクソガキ相手だが、今日のお守りは二十歳のクソガキだった。

「なにをなさっているんですか？」

猫田は青年に聞いた。短く刈（か）り揃（そろ）えた髪の長身の青年だ。いつもと違うジャージ姿をしている。普段は白装束を着ることが多いが、街中では目立ってしまう。

「なにって暇（ひま）つぶしだが」

青年ことカグツチは、ずっしりした箱を運んでいた。周りにはバイトらしき学生がたくさんいる。箱の重さからほとんどが念動力能力者（サイコキネシスト）だということがわかる。

何を思ったのか、このカグツチという青年はそのバイト集団にまじって一緒に荷運びをしていた。

「筋トレにちょうどいい」

猫田は呆れたように目を細める。

念動力能力者（サイコキネシスト）には筋肉を崇拝（すうはい）する輩（やから）が多々いるが、なぜ発火能力者（パイロキネシスト）なのに筋トレにこだわるのだろうか。

なお体格がいいので、念動力能力者でなくとも軽々箱を持ち運びしている。ずっしりした重みから五十キロはあるのではなかろうか。

「仕事で来ていることをお忘れにならずに、目立った行動は慎んでください」

「わかっている」

猫田は遠目に見るわけにもいかず、できるだけ軽い箱を選んでバイトにまじっている。変に思われないように軽く認識阻害をかけているので、部外者がまざっているとは気づかれないはずだ。

猫田は工作のために来ていた。本来であれば、猫田だけで行うはずの仕事なのに、おまけでついてきたのがこの筋肉馬鹿だ。

「しかし雑多で煩い場所だなあ」

周りは祭りの準備で忙しい。『神在月の集会』、そんなものが開催されるためだ。スサノオ会にとって憎らしい祭りに違いない。そして、その祭りに乗じてとんでもないことを企てている。

ツクヨミノミコトの誘拐、もとい保護。

誘拐だろうが保護だろうが、無理だろうというのが猫田の意見だが口に出すことはない。猫田には反対意見を言う権利はなく、何か言おうものなら洗脳が甘いと疑われるかもしれない。

どれだけ無謀なのかは直接対峙した猫田だからわかる。

スサノオ会次席のカグツチが相手でも無理だろう。やりあえるとしたら、スサノオくらいだがスサノオのほうはやる気がない。何よりツクヨミノミコトをスサノオ会に入れるつもりは毛頭(もうとう)ない。

スサノオは、元の名前をたけると言う。たけるが現在スサノオとして存在しているのは、ツクヨミノミコトをスサノオ会から離すためでもある。

「はーい、荷物はこちらに置いてください」

荷物を指定の場所に置く。瞬間移動能力者(テレポーター)が階段上に運び、またそれを念動力能力者(サイコキネシスト)が運ぶのだ。

「あら、ナギ」

「モナカ」

「モナカ言うな」

猫田は顔を背けた。

荷物を運ぶバイトの中にナギがいた。

なんでこんな場所にいるのか、という疑問は置いておく。バイトの中には、猫田が知っている顔がいくつかあった。以前、惟神學園の体育祭に乗じて潜入(せんにゅう)したことがある。おそらくヒミコを優先したバイト募集なのだから、惟神學園の生徒がいても不思議ではない。

ただ、なぜ念動力能力者(サイコキネシスト)が集まった場所にいるのかだ。

スサノオはナギの神通力は精神感応だと言っていた。まさか、念動力との複合能力者だったのだろうか。

「何、隠れているんだ？」

カグツチは猫田をのぞき込む。

「はい。そのまま壁になってください。というか、この場所はよくない場所です。早く離れましょう」

「いや、ちょうどいい運動になるし、暇だからもう何往復かするぞ」

「……」

猫田が睨んだとしてもカグツチは知ったことではない。猫田とカグツチの序列には隔たりがあり、猫田が下である以上従うしかない。

猫田はスサノオの命令でナギを誘拐しようとした経緯がある。一応、認識阻害を使っていても顔を合わせれば、ばれるかもしれない。何よりナギの能力は未知数で、猫田の神通力を破る可能性も高い。

おかげで猫田はそわそわしながらも、仕事を終わらせることにした。言われた通りに仕事をする。猫田に与えられたのは指令通りにあるものを配置することだった。

「はい、こっちの荷物運んで」

トラックからどんどん荷下ろしをする運転手に向かう。

猫田は周りに誰もいなくなったのを確認してから近づいた。

「はい、どれくらい持てそうだい？」

三十代半ば、荷下ろしの雰囲気からヒミコではなく一般人のようだ。手慣れた様子で箱を持つ。

「いえ、そうではなく」

猫田は懐（ふところ）からゆっくりと札を差し出すと、運転手の腕に触れる。

「これはこの荷物に入っていた物ではありませんか？」

ゆっくり語り掛けるように運転手の目を見た。運転手の瞳孔が開いたり閉じたりを繰り返す。

「そうだった気がする……」

まだ弱いなと猫田は思った。

「きっとそうですよ。だってここにありましたもん」

またゆっくり問いかける。

「そうだったな」

運転手は猫田から札を受け取ると、箱の中を開ける。中身はコンクリートを固めたような謎の物体だ。

運転手は札を謎の物体に貼り付けようと必死だが、うまく貼りつかない。

「その隙間に埋め込むように入れたらどうでしょう」

「そうだな」

猫田の誘導に従って、運転手は札を隙間に詰め込んだ。無理やりだが問題ない。猫田としては、今回の計画が破綻すればいいと思っている。

運転手の記憶には落ちていた荷物を箱に戻したとしか残らないはずだ。

完全に操るのではなく、行動に理由を付けて誘導させる。

子どもたちを洗脳する際によく使う手段だ。

先ほどのカグツチも主体性を持って動いているように見えるが、洗脳されている。彼はスサノオ会に来る前は、家族からよほどかわいがられていたのだろう。その家族をスサノオ会の幹部に挿げ替えることで、彼は傍若無人（ぼうじゃくぶじん）でありながらスサノオ会に逆（さか）らうことはしない。

いっそ洗脳が解けてしまえば楽なのにと猫田は思うが、単純な性格ほど効（き）きやすい。十数年かけてしっかりかけられた洗脳は、猫田が解くとしても時間がかかる。猫田がカグツチの担当ならまだできたのだが、担当は猫田の上にいる精神感応能力者（テレパス）だ。とうに猫田のほうが実力は上だが、猫田は彼の洗脳に従っていることになっている。

総じてスサノオ会の精神感応能力者（テレパス）のレベルは高くない。理由は、洗脳が解けるほど優秀な精神感応能力者（テレパス）は消されるからだ。

猫田がやりたくない仕事をこなし、スサノオ会に従っているのはそのためだ。洗脳の中で一番強くねじ込まれるのは、スサノオ会への忠誠心だ。洗脳の効き目が強いほど、スサノオ会への帰属意識が強い。

「この場の仕事は終わり」

早く次の現場に行きたいところだが、筋トレ中のカグツチを放置するわけにはいかなかった。

そして、カグツチは結局やらかしてしまうのだった。

2

猫田は満身創痍のまま、ホテルのベッドに倒れこんだ。

遠方にいるため、泊まりの仕事だ。なお、猫田はシングルルームであるが、カグツチはスィートで猫田の代わりのお守りがついている。

「つ、つかれた」

カグツチのお守りは大変だ。図体が大きいのに、精神年齢はまだまだ幼い。幼少の頃にスサノオ会に誘拐されたことで、社会性が乏しい。まだ、スサノオのほうが抑制できる。

その後、カグツチはちゃっかり弁当を受け取っていたり、昼休憩中の学生バイトに突っかかったりした。

カグツチはごく自然に洗脳されているようで、やはりおかしい。スサノオ会に帰属意識を持たせることで、敵と認識した相手に簡単に突っかかる行為をする。それが本来の任務の妨げになるという弊害があっても動いてしまうのだ。

勿論、もともとの性質にもよるのだが――。

何より一番怖かったのは、カグツチと学生バイトの喧嘩にナギが仲裁に入ったことだ。スサノオの妹だけあって妙な度胸がある。ここでカグツチがナギに暴力でも振るおうものならどうすべきか頭が真っ白になったが、大事には至らなかった。ただ、カグツチはナギを見て『誰かに似ている』ことに気が付いたらしい。その『誰か』まではわからなかっただけよかった。

猫田は洗脳が解けていること、スサノオの共犯者をやっていることがスサノオ会にばれたら詰む。同時に、スサノオの妹であるナギが傷ついても詰む。

「一体、私が何をしたんだ？」

前世の業か何かか、とベッドの上でじたばたしていると、ジジジジッと耳鳴りが響いてきた。

『やほー、元気してるー？』

「忙しくて死にそうです」

噂をすればではないが、スサノオが精神感応で話しかけてきた。

『どうよ。お仕事順調？』

「ええ。一応言われた通りの仕事を雑にこなしてまいりました。優秀な警備の上で失敗することを祈るばかりです」

猫田は午後から、別の場所へと工作に向かった。これ以上カグツチをナギのそばに置いてはいけないと引っ張った。バイトたちが組み立てるモニュメントに細工を仕掛けるためだ。なぜモニュメントなのかと言えば、設置場所がちょうどいいためである。今回の『神在月の集会』では、三か所にモニュメントを飾る。神藏市中心部のメインの特設会場を取り囲むように三角形に配置されるのだ。それ以外にも数か所に細工を行っているらしい。ツクヨミノミコト誘拐計画の下準備だ。

「ナギさまも来ていました。念動力能力者にまじって肉体労働していましたよ」

『ナギならやりかねなーい。ねえねえ、写真撮ってないのー？』

「撮っていません」

惟神學園側が配慮したのだろう。たけるがナギに精神感応で話しかけられなくなったのは。普通に考えて怪しげな宗教団体のトップに体を操られるなんてこと、対策しないほうがおかしい。

おかげで妹へのストーキングができないスサノオは暇を持て余していた。

『何枚か撮ってきてよ』

「私は面が割れておりますし、何より私自身が怖いんですよ」

『認識阻害してればばれないでしょ？』

「それはスサノオ会だけの話です。『神在月の集会』にはオオヒルメノミコト及びその弟子たる有能な精神感応能力者がたくさんいます」

『そうだねえ。そんな中で、ツクヨミノミコトを連れてこいとか無茶ぶりすぎるー』

「いいですねえ、留守番は」

猫田とて小言の一つくらい言いたい。きっとスサノオは大きなクッションにうずまりながら、スナック菓子を食べつつゲームをやっているに違いない。

『当日は俺も行くらしいよ。さすがにカグツチだけでは不安らしい。他にも複数連れていく予定』

「ずいぶんごり押しですね。下手すれば、本部が壊滅するとか思わないんですかねえ」

いっそ壊滅してしまえ、と猫田はホテルの冷蔵庫からビールを取り出す。有料だが猫田が払うわけでもないので、どんどん飲むつもりだ。ついでにつまみの包装も破る。

『幹部の皆様は、オモイカネ氏の未来視を絶対と思っていますからねえ』

「オモイカネの思惑ですか」

猫田は、あのマシュマロ好きの巨漢のことはどうも信用ならない。いや、スサノオ会全体を信用するわけがないのだが、特にあの男は底が知れない。

ツクヨミノミコト奪還、オモイカネはなぜあんな無謀なことを提案したのか。未来を見たからと言うが、今の状況では勝つ見込みはない。ツクヨミノミコトに精神感応を使って洗脳しなおすと言うが、オオヒルメノミコトがいれば不可能だ。力ずくとしても、カグツチとスサノオが手を組むならともかくスサノオが手を貸すことはありえない。

一体彼はどんな未来を見たというのだろうか。

「オモイカネは一体何を考えているのでしょうか？」

『それなー。俺、ちょっと思うところがあるんだよねー』

「どんな？」

『あいつの神通力、本当に未来視なのかなーって』

「ちょっと、それ前提条件がひっくり返ってくるんですけど」

猫田は柿の種をつまみ、ビールで流し込む。なお、ピーナツは取っておく派だ。

『大体、未来視って何って思わない？　もしかしてすごく勘がいい人が、情報を集めまくって今後起こりそうなことを予測しているだけの可能性はあるでしょ？』

可能性は低いができないことではない。

「そうなると今までスサノオ会が発展してきたのは、オモイカネの予測ってことですか？」

『うーん。そう言いたいところだけどー。そうでもなさそうな気もするー』

「どっちなんですか？」

はっきりしないスサノオに、猫田は業を煮やす。

『うちのばーちゃんはたぶん、本物の未来視ができた。でも、百パーセントじゃない。オモイカネの話し方というか未来の語り口、ばーちゃんとよく似ていたんだよな。まるでその場で見てきたかのような言い方だった』

「じゃあ、本物じゃないですか」

猫田は残ったピーナツを全部口の中に放り込む。

『でもねー。なんか違うなーと』

スサノオがはっきりしないので猫田はいらいらしてくる。

「ともかくオモイカネには注意しましょ。それでいいじゃないですか？」

猫田はもう一本ビールを開けつつ、ルームサービスのメニューを開いている。

『そりゃあ気を付けるにこしたことはないけど』

「じゃあ、切っていいですか？　今日はまだ昼ご飯も食べていないんです」

『うわあ、いらいらしてるー。へいへい、また連絡しますねー』

「……」

もうしてくるな、と言いたかったがそれをスサノオに送信しないように気を付けた。

スサノオから返事がこなかったことを確認してから、部屋の備え付け電話の受話器を取る。

「すみません。『シェフおすすめディナーセット』。メインはステーキのミディアム、食後はコーヒーではなく紅茶でお願いします」

ついでに、サイドメニューをいくつかとデザートも頼んだ。猫田の金ではない。ぞんぶんに使ってやるつもりだ。

文句を言われたら、何かあったときのために部屋で待機をしていたと言えばいい。

「ふぅ」

猫田は、残ったビールを飲み干した。

遠距離の精神感応能力による通信は普通に疲れた。特に他の精神感応能力者相手よりもスサノオとの会話のほうが疲れると感じるのは気のせいだろうか。腹の減りが早い。

「スマホ使えたらなあ」

正直、盗聴の心配がなければそうしていた。スマートフォンを一台支給されているが、スサノオとの会話に使うわけにはいかない。

猫田が使うものすべてがスサノオ会より配られる。

こうして猫田がホテルに泊まれるのも、ルームサービスを頼めるのも、スサノオ会というバックがあるからだ。

勝手にスマホを契約しようにも、スサノオ会の財布を使うしかない。

バイトなどをやることもできないし、契約に必要な書類も用意できない。

猫田は親の名前すら忘れている。『猫田』という名字だけしか覚えていない。

きっと幼少時に誘拐された猫田の戸籍は『死亡』となっているだろう。

自分だけでは何もできない。

もしかしたら、スサノオと猫田以外にも洗脳が解けたヒミコはいるかもしれない。だが、戸籍も金もなく、スサノオ会から放りだされたらどうやって生きていけばいいのかわからない。だったら大人しく追従したほうがいいと考える者がいても仕方ない。

もどかしさを感じつつも腹が減る。

「早く来ないかなー」

猫田は時計を見ながらルームサービスが来るのを待った。

第5話

ツクヨミとトータ

1

月曜日、ナギたちはグロッキーな顔をして教室にいた。

「なんか作業ペース間違えてなかったか？」

サガミが机につっぷしたまま言った。

「同感」

タロウの他、モナカも同意する。

モニュメントは合計三つ組み立てた。それを二日で終わらせた。

一日目の土曜日に二つ、二日目の日曜日に一つ組み立てた。

二日目は一つしか組み立てないから楽だと思っていたら間違いだった。前日の神通力の使用により、作業効率はぐんと下がったのだ。

「ぜ、全身がガタガタになっているんですけど」

「オリエンテーリング以来の疲労」

「大丈夫？」

ナギは心配そうにモナカをのぞき込む。

「ってか、前のときも思ったけど、ナギだけ平気なのどういうわけ？」

モナカがナギを睨む。

「神通力使ってなかったからかな？」

「筋肉痛にくらいなれよ！」

サガミが八つ当たりした。

「ふふふ、わたしもへいき」

「あんたは何もやってないでしょ」

なぜか偉そうなみるるにモナカがつっこむ。

周りのクラスメイトを見ると、モナカたちと同じようにグロッキーになっている生徒がちらほらいる。昨日、一昨日のバイトに参加した顔だった。

「なんでもっと時間をかけて、ゆっくりやらなかったんだよ。大体、集会まであと一週間あるだろ……」

「一応理由はあるよ。成人のヒミコをバイトで集めるのは難しいだろ。学生バイトを一挙に集めるには土日がいい」

「そっか」

それだけヒミコがいたほうが、作業効率が良いのだろう。そんな中、サガミたちと同じ額のバイト代をもらうのは申し訳ない気がするナギだ。サガミはナギの倍の量は運んでいただろう。

「片付けもセットだったわね」

「そうだよ。あと集会の最中の、モニュメントの見張り。もし崩れでもしたら対応する人がいないと困るからね」

「だいじょーぶだろ。あんだけ強度確認したんだから。ってか、あれをまた解体か」

サガミはがっくりしている。もう少し手を抜けばよいだろうに、サガミの性格から片付けのときも無駄な競争をしそうだ。

「バイト代はいいんだけどなあ」

「バイト代はいいのよねえ」

ナギたちは一同頷く。おかげで集会中の自由時間にはショッピングを楽しめそうだ。

「あっ」

チャイムの音が響く。

「ううっ、授業が始まる……」

チャイムの音に反応し、サガミは席に戻っている。さながらゾンビのようだ。

ガチャッと教室の戸が開く。レイリ先生かと思ったら、小憎らしい顔があった。

「トータ、おはよう」

グロッキーなタロウが話しかける。

「ああ」

トータはいつもと変わらずそっけない態度をとる。

江道大社の問題が片付いて戻ってきたのはいいが、以前よりもずっと元気がない気がした。

（どうなったのか、聞くのは野暮だろうか）

ナギは悶々としながら席についた。

2

一時間目、数学。二時間目、古文。三時間目、体育。

四時間目は祖父江先生の授業だった。

「――であるからして」

成長期の四時間目の授業と言えば、もう皆、上の空で頭に入らない。特に体育の授業の後だ。

男子はサッカーで、女子はハンドボールだった。チーム分けは神通力の種類が偏らないようにやっている。

一般の高校ではありえない話だが、競技に神通力を使うことは許可されているのだ。

というわけで疲労と空腹は半端なかった。

祖父江先生はいつもどおり生き生きとしながら授業をこなし、チャイムとともに教鞭を下ろす。

「さて、今日はこれで終わり」

皆がわーっと教室を出る。急いで食堂や購買に向かうのだ。

「ナギー。ごはんいこー」

みるるがやってきてナギによじ登る。

「小動物を甘やかすんじゃないわよ」

モナカがみるるの頭を小突いた。

「いたーい。こうないぼうりょくだー。うったえるー」

「はいはい。病院に行って診断書もらえるものならもらってきなさい」

「なんか具体的だなあ」

ナギはみるるを担いだまま、食堂へと向かう。

「トータじゃない？」

モナカが廊下で祖父江先生に絡まれているトータを見つける。

「祖父江先生、なんか手がわきわきしているね」

つまり知的好奇心をくすぐられる対象と接しているのだ。

通り過ぎる他の生徒は、トータに哀れみの目を向けながらも見なかったことにしている。

「とりあえず場所をかえましょうか？」

トータがあきらめたように祖父江先生に提案した。

ナギはどうしようかと考えていると、みるるがナギの背中から降りた。

「みるるちゃん、どうしたの？」

みるるはとてとてと、トータと祖父江先生を尾行する。

「とりあえずおもしろそうだからぬすみみするだけ」

「それいけないやつ……」

ナギはみるるを一人にしてはいけないとついていく。

「だいじょうぶ、わたしはテレパシスト。もとよりそういうのがとくい」

「モラルに一番気を付けなくちゃいけない立場って思わないわけ？」

モナカは呆れつつもみるるについていく。

トータと祖父江先生が入ったのは、空き教室だ。みるるが扉の隙間から教室の中を見る。

ナギは申し訳なさそうにのぞき見した。

祖父江先生はトータを説得している。

「だから血液を提供してくれ」

「お断りします」

祖父江先生はトータにはっきり断られていた。

「トータくん、血液検査してないの？」

ナギが小声でモナカに聞いた。

「ええ。江道大社の方針らしいわね」

そういえば、血液検査はあくまで任意だった。江道大社は、血統を重んじるようなので変に部外者に調べられたくないのだろう。

（まあわかりすぎる）

江道家の予言書には、ヒミコ同士の掛け合わせの指示が書かれてあった。たとえトータでも実家のそういうおぞましい点を表に出そうとは思わないらしい。

「大体、祖父江先生も江道大社の方針を知っているでしょう？　うちの父親が心労で引退したため、方針も変わると思ったんですか？」

ナギにはトータが妙に『心労』と強調しているように聞こえた。

「その点なんだがね、次の長にはサクヤくんが就任したそうだね」

「ええ……」

「大丈夫そうかね？」

「もうしばらくはマスコミの対応や氏子への説明など大変ですけど、姉ならなんとかやるでしょう。すでに江道大社の顔になっていますし、親父より人気ありましたからねえ。何より叔母が補佐に入っていますから問題ないと思います」

（咲耶姫が……）

あのはかなげだが、芯の強い神さまだ。すぐに経営は安定するだろう。

「そのサクヤくんから許可をもらった」

祖父江先生はぱらっと和紙の書状を取り出した。

「えっ!?」

ナギは思わず口を押さえる。

「ナギ、うかつ」

「おばか」

モナカが頭を抱えていた。

慌てて逃げる暇もなく、むすっとしたトータがドシドシ足音を立てて近づいて、戸を思い切り開ける。

「ははは」

「ようトータ」

みるるは悪びれた風もない顔でトータに挨拶をした。

モナカもさすがに気まずそうだ。

「盗み聞きなんて良い趣味だね。履歴書にはちゃんと書きなよ」

トータの嫌味もキレキレだ。

「うむ、あまり盗み聞きはよくないが」

祖父江先生がごほんと咳払いをする。

「べつにぬすみぎきもなにもそふえせんせいがせいとのちをゆするのはいつものこと」

(それもそうだけど)

ナギはちらりとトータを見る。

トータはふんっと鼻を鳴らし、祖父江先生のほうを向いた。

「別に聞かれて困るような内容でもないです。話を続けてください」

「ああ。いいのか?」

祖父江先生は、ちゃっかり教室の椅子に座って、堂々と聞くつもりでいるみるるを見た。

「変に中途半端に隠して、妙な噂を立てられても困りますから」

「そんなことはしないわよ」

モナカはむすっとなりつつ、みるるの隣の椅子に座る。しっかり聞いていくらしい。

「お、おじゃましまーす」

ナギはこの流れで退出することもできずに、モナカと二人でみるるを挟むような形で座った。

「姉が俺の血液採取を許可したって本当ですか？」

「ああ。以前からサクヤくんというか、江道大社には通達していたんだ。あそこは多くのヒミコを輩出しているため、研究には欠かせないのだが常にオオヤマツミノカミからは断られていた。今回、サクヤくんから承諾してもらったのだよ。在学中のトータだけなら問題ないと」

祖父江先生は体をリズミカルに動かしながら話す。よほど嬉しいらしいが、ナギとしてはトータに同情するほかない。

「……姉さん」

トータはじとっとした目をしている。

モナカとみるるは完全に観客と化しており、どこからか取り出したお菓子を食べていた。

ナギもおなかがすいていたのでみるるが持っているポテトチップスを一枚つまませても

らう。

「一応、ちゃんとした理由はあるんだ」

「どんな理由ですかねえ」

トータは立ったままあくびをする。祖父江先生は座っているが、トータとしては座り込むほど長居をしたくないという意思表示だろう。

「超自然学派についてはある程度知っているな」

ナギのポテトチップスをつまんだ手が止まる。

「ええ。うちは間違っても誘拐されるなときつく言われていましたから」

「強硬派の連中に対してはそうだろうなあ」

「はっきりスサノオ会って言ってもいいですよ？」

トータが一瞬、ナギのほうを見た。

ナギは平静を装うため、ポテトチップスを口に入れる。コンソメの味が妙に薄く感じられた。

「有罪ではない案件だからな。教職員が簡単に口にしてはいけないことはわかるかな？」

「ええ、存じております」

トータはわざと口に出したらしい。

ナギはひやひやが止まらない。

「超自然学派による幼児誘拐は、神社界隈では有名ですからねえ。それと血液検査、何の関係があるんです?」

「神通力は遺伝するというのは知っているな」

「ええ、知らないわけありませんよ」

トータは皮肉な言い方をした。

「過去に保護したヒミコの中には幼すぎて本来の親がわからない場合がある」

「つまり、そのヒミコの親とまでは言わなくても親族がわかる可能性があると言いたいと」

「ああ」

(本来の親がわからない……)

もしかして月読命のことではないだろうかとナギは思った。

彼もスサノオ会に誘拐され、保護されている。本当の肉親がわからないから、親が警察官だったホシノさんのお宅に引き取られたと考えてもおかしくない。

何より神通力といい容姿といい、月読命は江道家と接点が多いと思った。木花咲耶姫と月読命は、とても雰囲気が似ていた。

「もしかして、月読命とうちが親戚関係かと思っているんですか?」

トータは頭がいい。ナギが思ったことくらいすぐさま思いついている。

「可能性としてはゼロではないでしょうね。うちは神さま絶対主義なので、ヒミコでもない身内はけっこう自由にやっていますからね。どこに行ったかわからない身内が反感からスサノオ会に入っている可能性もありますよ」

トータは言いたい放題言っている。

みるるはそろそろ飽きてきたのか、空になったスナックの袋をじっと見ていた。

「うん、まあその通りだ」

祖父江先生が認めたということは、月読命の身内探しをしているということになる。特に隠していることでもないのか、モナカとみるるに驚きはない。

ナギは少し気になることがあって思わず手を挙げた。

「何、手を挙げてんの？　授業と勘違いしていない？」

トータが鼻白んだ顔をした。

「とりあえずナギくん、どうぞ」

祖父江先生はナギを当ててくれた。

「前に月読命の血はだめってホシノさんに言われていませんでしたか？　そちらの血液は採取できるんですか？」

「たぶん、ちゃんとした理由があれば問題ない。何より月読命については入学当初から抜きんでた神通力を見せてくれたので、ちょーっと取り過ぎそうになって待ったがかかったからな。なお過去のデータなら取っている」

「……」

祖父江先生の自業自得だった。きっとホシノさんが必死で守ってくれたのだろう。

「献血(けんけつ)すると思ってくれればいい」

「献血は回数制限あるけど、祖父江先生は回数制限ないじゃないですか？」

その通りだなあと、ナギもモナカもみるるも頷く。毎度採血されているサガミはよく生きているなあと思う。

トータは髪をかきむしる。

「……俺のだけですよね？」

「そうだ、君だけだ」

「一度きりですからね！」

祖父江先生が大きくガッツポーズを作った。

「ようやくおわったか」

みるるはあくびをしながら椅子から跳(は)ねるように下りる。

「盗み聞きしておいてその態度、何？」

トータが言いたいことはとてもよくわかる。なお、モナカもさして面白くなさそうな顔をしていた。

「では早速、採血と行こうか！」

「祖父江先生。俺、昼飯まだなんですけど。あと朝食も食べていません」

「献血は食事抜きだとやっちゃいけなかったはずですけど」ナギは思わず言った。

「ぐぬぬぬ」

（ぐぬぬって悔しがる人は本当にいるんだな）

ナギはどうでもいいことを考えながら、よじ登ってくるみるるを抱える。

「で、では、放課後に頼む。いいね！」

祖父江先生は念を押して出ていった。

トータは呆れた顔をした。

「おつかれー」

「おつかれだよ。學園に帰ってきたらゆっくりできると思ったのに」

「トータ、おいえそうどうはどうだったか？　いさんはたんまりとれそうか？」

「みるるちゃん、トータくんのお父さんはご存命だからね」

ナギは言い聞かせるように言った。だが、トータの父をそのような状態にしたのは、ナギにもかなり責任がある。咲耶姫を助けるためとはいえ、大山津見神が築き上げてきたものをぶち壊したのだ。

「さすがに親父もまいっているみたいだね。なんせ長年大切に守ってきた家宝を跡形もなくしてしまったからね」

表向き、心労の理由は予言書の焼失によるものとされている。トータはどちらにでも取れる言い方をした。

「呆けた親父の顔を拝んでやろうかと思ったけど面会謝絶だってさ。息子にも会いたくないって言うんならさっさと帰ればよかったよ」

とはいえ、トータは半月近く學園を休んでいる。実家は嫌いだが、姉思いなので支えていたのだろう。

ナギはどうにかして元気になってもらいたいと思いつつ、どうすればいいか考えた。

（うーん）

とりあえずクラスの男子に活を入れるように背中を叩いた。力を調整したつもりだが、トータはひ弱だった。ナギの平手に耐え切れず前のめりになり、教室の壁にぶつかった。

「いきなり何するんだよ!?」

トータが鼻を真っ赤にして怒る。

「ごめん。普通に活を入れるつもりでいたんだけど。トータくんの体力を配慮してなかった」

「申し訳なさそうな顔で、貶めないでくれる!?」

「うん、ごめん」

「ってか、活を入れるって……」

トータは顔を少し赤くしながら背中を撫でる。

「ナギって男子にも距離近いからね。普通にサガミやタロウにもよくやっているわよ」

モナカが説明する。

「うん、サガミやタロウくんなら叩いてもこけたりしないから」

「あいつらにもやってるのかよ」

トータは眉間にしわを寄せる。

「トータはほそい。もっとめしくえ」

「ほんと、俺に追い打ちをかけてんのかよ……」

トータはいつもどおりむすっとした顔をしたまま、教室を出ていく。ナギたちも廊下に出た。

「あれ？　トータくん、そっち食堂じゃないよ？」

ナギは反対方向へと歩くトータに言った。

「長期間、休んでるから報告とか色々」

「そうなんだ。昼ご飯、なんでもいいから口に入れてね」

「おかんかよ」

トータは背中を向けたまま軽く手を振った。

3

「ラヴの波動を感じるわ！」

ツクヨミはいきなり叫びだす安心院先生に驚いた。安心院先生は触角のように立った髪の毛を震わせている。

「ら、らぶ？」

ツクヨミはなんのことだ、という顔をした。

「またですか。それよりも情報交換しましょうか」

ホシノは慣れている様子で、資料を広げ始める。ホシノは同じ精神感応能力者である安心院先生とは知己であるため、どんな性格かわかっているのだろう。ツクヨミは学生時代に見たことはあるが、直接授業を受けていないため、どんな先生なのかよく知らない。

職員室の隅、面談部屋にてツクヨミ、ホシノ、安心院先生の三人で話し合いをしていた。内容はナギの神通力についてだった。

最近、ツクヨミは神在月の集会などのイベントで留守にしがちだった。ようやく空いた時間にこうして話し合いをしている。

今後、祖父江先生に代わって安心院先生がナギの担当になる。

なぜ祖父江先生がいないかといえば、いると面倒くさいのでやってくる前に終わらせるつもりだからだ。

「ふうん。ナギちゃんは本当に厄介な体質をしているわね」

安心院先生は資料を読み込みながらうなる。

「祖父江先生、学会で発表したいってうるさくなかった？」

「言うまでもなく」

ホシノの返事に、ツクヨミも頷く。學園長がしっかり釘を刺していたので、内緒で論文を提出することはなかろう。

こうして安心院先生に説明するのは、ホシノと同じく學園長の弟子であり信頼がおける人物だからだ。

飯波(いいなみ)ガランの裏切りは、衝撃的(しょうげきてき)な出来事だったのだ。

「神力強化というより、神力譲渡。しかも、神力は作り放題とか」

「作り放題かどうかわかりませんけど、今のところ他のどのヒミコよりも力は大きいでしょうねえ。溜(た)めることができないですが」

ツクヨミは説明をホシノに丸投げする。適材適所だ。

「それで神通力が精神感応(テレパシー)かあ。慎重(しんちょう)にいかないとねえ」

「そうですねえ」

安心院先生の言葉にホシノも頷く。

ツクヨミは小首を傾(かし)げ、手を挙げる。

「はい、ツクヨミくん」

「どうして精神感応(テレパシー)だとだめなのですか？　観念動力(テレキネシス)で暴走したほうがよほど危険に感じられますが」

「はい、いい質問ですね。私としては、ナギちゃんは瞬間移動能力者(テレポーター)であれば一番良かったと思っています。なぜなら瞬間移動(テレポート)は燃費が悪いから」

「燃費が悪いから？　では、精神感応(テレパシー)がだめなのは燃費がいいからですか？」

「その通り。みるるちゃんっていう今私が教えている子がいるんだけど、あの子は神力が多めなの」

ナギの友達でよくくっついている子だ。

「知っている。あのちっこい子だよな」

ツクヨミが江道大社にいたとき、ホシノは別行動だった。ホシノはみるるの面倒を見ていたらしい。

「あの子は超自然学派の両親がいて、神通力が発現したのは小学校に入ってすぐだったそうよ。ほぼ監禁に近い生活をずっと送っていた。ひらがなしか書けないあの子の語彙（ごい）が多いのは、近くにいる人間のありとあらゆる思考を率先して読み取っていたからなの」

「精神感応能力者（テレパス）が嫌われる理由ですね」

「ええ。制御装置の技術が確立されるまでは肩身が狭かったらしいわねえ」

安心院先生は、ふうっと息を吐く。

「とはいえ他人の思考を読むのはとても疲れるし、それぞれ相手の波長を合わせないと読み取れない。みるるちゃんの場合、神力が豊富なこと、他にやることがなかったこと、そんな要因が重なっていたからできたことであって、普通の精神感応能力者（テレパス）はそうそうできることではないの」

「ではナギの無尽蔵（むじんぞう）の神力があったらどうなるのですか？」

「ナギちゃんの場合、あらゆる人間の思考を読めるなんてものじゃない。なだれ込んでくるでしょうね」

「最悪、精神崩壊（ほうかい）を起こすということですね」

「なんだと⁉」

ツクヨミは思わず椅子から立ち上がる。

「落ち着け、ツクヨミ」

ホシノがツクヨミを椅子に座らせる。

「最悪の話よ。何よりナギちゃんに至っては、チューニングがしっかりされていたの。本人は無意識だけど、勝手に相手の思考を読み取るなんてことはしなかった。できなかったわ。仲が良いみるるちゃんの思考のみ受信できて、私相手ではノイズ。発信については、全く。これについては、ずっと誰かがナギちゃんの神通力の調整をしてきたんじゃないかって思うの。でなくちゃあれだけ安定しているわけないわ」

「誰かが」

ツクヨミはナギの体を乗っ取ったたけるを思い出した。ナギの精神感応能力(テレパシー)を調整し、暴走させないようにしていたのだろう。

「それでも万全を期して練習しないとだめね。強い精神感応能力(テレパス)者は相手の精神に働きかけ、洗脳を施(ほどこ)したりするわ。ナギちゃんはそんなひどいことをするようには見えないけど。彼女の体質なら無意識に周りの人間の精神を乗っ取ることも可能でしょうね」

ツクヨミはとうにぬるくなったお茶を飲み干す。茶菓子はなく懐から饅頭を一つ取り出して口に入れた。

老舗(しにせ)の和菓子屋の饅頭なのに、妙に味が薄かった。

4

「それじゃあまた」

安心院先生との話し合いは終わり、ホシノは内容をタブレットにまとめている。

「ホシノ」

「ちょっと資料まとめて學園長に送るから待っていてくれ。この後、今週のイベントの打ち合わせがあるから、その前に飯を食うぞ」

「わかった」

ツクヨミは面談部屋を出る。

職員室には先生がばらばらと椅子に座っていて、小テストの採点などをしていた。まだ喉が渇いていたので給湯室で茶を一杯もらおうとすると、「失礼します」と声が響いてきた。

声の主はトータという少年で、ナギのクラスメイトだ。

何度か対面し話したことはあるが、ツクヨミは彼に嫌われているような気がした。そして、それが杞憂ならばいいが今も目が合ってあからさまに嫌な顔をされた。

ツクヨミは学生時代から、あまり人に好かれない性格をしている自覚はあった。ゆえにずっとぼっちであった。

それが神さまになった今でも変わらない。正直ショックだ。

『いいかツクヨミよ。世の中はな、どんなに気を遣っても二割の人間には嫌われるもんなんだよ。いちいちアンチのことを気にするな』

ホシノに言われたことを思い出すが、本当にツクヨミを嫌っているのは二割程度なのだろうか。世の中のほとんどの人が嫌っているのではと考えるときがある。

そして、その嫌っている側が近づいてくる場合どう対応すればいいものだろうか。

「月読命」

トータはツクヨミの前に立つ。

「何か用だろうか？」

ツクヨミは早くホシノの仕事が終わらないだろうかと考えながら言った。

トータは一瞬悔しい顔をしながら、ゆっくり頭を下げた。

ツクヨミは一体何の予備動作かと思った。もしかして、このまま姿勢を下げてその勢いで、アッパーでも繰り出すかと身構(みがま)える。

「先日は、江道大社の件で尽力していただきありがとうございました。姉からはすでに連絡が来ているかと思いますが、こうして俺からもお礼申し上げます」

「!?」

ツクヨミは拍子抜けしてしまった。トータはツクヨミに対してそんなしっかりしたお辞儀ができるのかと思うくらい、丁寧に頭を下げていた。採点をしていた周りの先生もぽかんとしている。

「せっかくお越しいただき、イベントにも参加していただいたのに申し訳ありません」

江道大社の件は、一部の関係者以外には真実を知らされていない。大山津見神の暴走など、江道大社だけでなく他の神さまにとっても大きな問題になる。大人の対応として、大山津見神の引退という形で幕を閉じたのだ。

ツクヨミは他家の人間関係やらなんやらに興味はない。ただ江道家が歪(ゆが)んでいることはわかった。

別にツクヨミはトータのためにやったわけではない。あのままでは木花咲耶姫が危険だったのと、ナギに頼まれたからだった。

それでもトータは頭を下げた。それだけ彼にとって、大事なことだったのだろう。

この場合、どう対応すればいいのだろうか。

ツクヨミは頭をフル回転させながら、ようやく口に出した。

「別に大したことはしていない。気にしなくていい」

他に言葉が浮かばなかったとはいえ、偉そうな物言いだっただろうか。しかし、普段からホシノに少し偉そうな言い方のほうがいいと練習させられていた。でも、もっと言い方があったのではないだろうかと悩んでしまう。

「あと――」

トータはまだ用があるらしい。

「月読命は一応、教員としてうちの學園に登録(とうろく)されているようですが、ちゃんと成果を出しているのでしょうか？」

　ツクヨミはぴくりと反応する。

　トータは、ツクヨミとナギが師弟関係にあると知らないはずだ。何かの揶揄だろうかと思っているが、すでに安心院先生に先を越されたツクヨミをあおる言葉としては大きすぎた。

　どう返そうかまた考えていると、面談部屋の扉が開いた。

「終わった終わった。さて行くぞー」

　ホシノが出てきた。

「こんにちは」

　トータはホシノに軽く頭を下げる。

「よう。なんか話しているみたいだけど、終わったか？　次の予定が詰まっているんだが」

「はい、どうぞ」

　トータはツクヨミに特に返事を求めていないようだった。だから、逆に気になってしまう。

　トータの物言いは、宣戦布告のように聞こえたからだ。

第6話

ガランの研究

1

与えられた部屋には何もなかった。

いや、ベッドとテーブル、そしてシャワーとトイレがついていれば十分と言えよう。

「とはいえ、何もやることがないとつらいものがある」

そう独り(ひと)ごちるのはガランだった。

スマホやパソコンはともかくテレビも本もない。あるのは与えられる三回の食事と窓(まど)から見える景色だけだ。

何の娯楽(ごらく)もない生活をもう何か月続けているだろう。ガランがおかしくならなかった理由を挙げるとしたら、一つだけだ。

この場所に連れてきたスサノオはノートとペンを置いた。

「研究資料はないだろうから、ナギについて調べたこと、全部報告するように」

それだけを言って、ガランを監禁した。

ガランはひたすら思い出す限りのことを書いた。ノートは一日で一冊真っ黒になった。

二冊、三冊、すでに研究した結果を書き終えたら、考察や今後の予測などを書き綴(つづ)った。

スサノオは書き終わったノートを回収しては新しいノートとペンを置いていく。

そこに大きな感情はない。

もとは陽美谷(ひびや)たけると呼ばれていた少年は、ガランの又従弟(またいとこ)になる。

ガランは机の上でノートにペンを走らせる。もう何度も考察した内容の新たな可能性を書き綴る。

だが、紙面にはペンを押さえた型だけが残る。

「インク切れ」

思わず口から洩(も)れたが、何日ぶりの発声だろうか、覚えていない。このまま何も話さないと話し方を忘れてしまうな、とガランは「あー、あー」と発声練習を始める。

「これは使えないと」

ガランは、インクが切れたボールペンをゴミ箱に捨てて新しいボールペンを手にする。発声練習ついでに独り言を口にする。

スサノオはガランが捕まらないようにスサノオ会に連れてきたが、これならいくらか刑務所のほうがましだろう。少なくとも、最低限の運動時間くらいは取ってくれるはずだ。

とはいえ、スサノオがガランをこのように扱う理由はある。

陽美谷たけるがスサノオとなった原因を作ったのはガランだからだ。

ガランがヒミコと認定されたのは十五の夏。ちょうど陸上中距離走の決勝戦の前日だった。あまりに好成績を残すガランはドーピングの疑いを持たれた。ガランはそのたびに検査を受けて無実を証明した。今回もそのはずだったのに――。

小学校、中学校では必ず一度は受けるヒミコ検査。特殊な機械を用いて調べられた結果、ヒミコだとわかった。

神通力が使えないヒミコとなった。代わりに小学校、中学校時代に取ってきたトロフィーは全部奪われた。

ヒミコとしては欠陥品、たとえ神力があろうとも神通力が使えなければ何になろうか。

おかげで婿養子だった父と共に家を追い出された。母は祖父に逆らえず、手切れ金という名の養育費を一括で払ってくれた。正直、金よりも父と母が離婚せずに一緒に暮らしてくれればよかったのだが、母はそこまで行動力のある人間ではなかった。

ヒミコの専門学校に通っても、神通力は何の発現もしなかった。父はいい人だったが、息子にしてやろうとするいいことが間違っていた。

手切れ金をつぎ込み、怪しげなヒミコ研究機関に研究を頼むようになった。向こうとしては鴨がネギを背負って来る状態だったろう。いくらあっても困らない実験体が金を払うから研究してくれとやってきたのだ。

それからしばらくは地獄だったのを覚えている。

研究機関は違法性を摘発され解体、ガランはその後特殊な体質から惟神學園に所属することになった。

學園では神通力研究では一角の人物である祖父江先生に師事したが、それでも神通力を発現させるには数年かかった。結果、わかったのは小さな羽根を浮かせる程度の微弱な観念動力だった。

一体、何の役に立つと笑いたくなった。周りの励(はげ)ましはむしろ逆効果で、死にたくなる気持ちがどんどん強くなった。

父はそれでも嬉しかったのか母に報告してくれた。母も喜んでくれたが、そこで自分の又従弟もヒミコだったと聞かされる。

母の従姉妹(いとこ)が神社に嫁(とつ)いだのは知っていた。手のひら返しの親族の中でもおばさんはただ悲しそうにガランを見ていたのを覚えている。

又従弟の祖母は神さまだと聞いて、将来は神さまになって神社を継ぐだろうと思った。ガランの心にどす黒い感情が芽生えたとしても仕方ない。ただ、実際幼い又従弟に何かしようとは考えなかった。

なので偶然と言えば偶然だったろう。

學園には自分より優れたヒミコしかいない。祖父江先生はレアケースと言うが、ガランが欲しいのは珍しい体質ではない。レイリ先輩はぶっきらぼうながらガランに変な同情を見せないようにしていたが、どう見られても構わない。たまに実験体として連れてこられるホシノについては精神感応能力者(テレパス)だったのでうらやましかった。燃費が悪い観念動力(テレキネシス)より精神感応能力(テレパシー)であればもう少し使い道があったかもしれない。

だから、地獄のような研究機関にいたときの友人兼実験動物仲間に呼び出されたときは素直についていった。彼らはガランよりもまともな神通力だがそれでも惟神學園の生徒よりずっと劣(おと)っている。

傷の舐め合いではないが、まだ彼らと一緒にいるほうがましだったのだ。

友人は昔に比べていくらかまともな神通力を使えるようになっていた。神力を一時的に大量に作り出す薬を作っているという。興味を引かれたがガランの神力を溜めることもできない体質には無意味だった。

友人はガランを勧誘していた。ガランの体質は珍しく、だからこそ研究しがいがあるという。全く同じことを祖父江先生に言われていたし、劣等感はあれど惟神學園よりも優れた研究機関はないと断った。

「じゃあ、おまえと同じ体質の奴とか知らないか？　親戚にヒミコはいないのか？」

「……さあ、いないと思うけど。又従弟がヒミコだって話は聞いたけど」

又従弟も同じ体質だったらいいのに、という願望も込めて口にした。

その後、ニュースで知っている神社の名前が出た。

母の従姉妹が嫁いだ先、陽美谷神社の神さまが交通事故で死んだ。その孫も重体という。

まさかと思ったが否定した。

だが、友人はしばらくしてガランを呼び出した。会うなり満面の笑みを浮かべていた。

「逸材を紹介してくれてありがとう」

その言葉にガランは全身に鳥肌が立ち、自分が何をしでかしたのか一瞬で理解した。

友人はスサノオ会に所属していた。

ガランはほんの少しの悪意で、取り返しのつかないことを教えていたのだ。

そして数年後、ガランの悪意によってスサノオ会に誘拐された少年は、スサノオとしてガランの前に現れた。

ガランはノートに新しいペンを滑らせる。

『無尽蔵の神力があり発現して一番安定するとすれば瞬間移動能力』

もう何度も書いた考察だが細かい説明が違う。どんな細かい変更でも思いついたら書けと言われている。ナギの名前を書かないのはもし誰かに見られた場合にも、ナギの存在を隠すためだ。たけるはナギを守るためになんだってする。そのためにスサノオになった少年だ。

『一番恐ろしいのは精神感応能力』

理由を書いていく。精神感応能力は他の神通力に比べて燃費が良い。無尽蔵の神力があればその有効範囲はいくらでも広がる。さらに受信する媒体として同じ精神感応能力者がいる。その数はヒミコ全体では念動力能力者、瞬間移動能力者に次いで三番目に多い。

ナギが仮に精神感応能力者であれば、範囲内の精神感応能力者に語り掛け、遠隔で脳をハッキングすることも可能だろう。洗脳された精神感応能力者を使えばさらに周りにいる他のヒミコや一般人の洗脳も可能になる。

落ちこぼれと揶揄された少女は全世界に君臨する女王、いや本物の女神となるだろう。

「なにが仲間だろうかねえ」

ナギが同じ体質だと知ったときは、仲間意識とともに同情が生まれたというのに、今は嫉妬している。ただ、彼女が与えてくれた神力さえあれば、いくらでも神通力が使える。神力を与えてくれるのなら、ガランは彼女の足元に膝をつくのだって厭わないだろう。

　それこそ女神の臣下になってやるつもりだ。

　ガランと同じように考える連中はいくらでもいるだろう。ヒミコもピンからキリまでいる。ナギの性格から誰かの上に立ち君臨することをよしとしないだろう。彼女が神さまを目指すのはあくまで実家の復興を願うからであり、誰かに奉られるのは得意としないはずだ。

「理想はスサノオが前に立ち、あくまで補助として」

「何が補助ですか？」

　ガランは思わず後ろを向く。

　そこにはふくよかな体格の青年が立っていた。手にはマシュマロの袋を持っている。

　誰だろうか。ガランにはわからない。惟神學園にいたため、最低限の情報と指令しか受けていない。スサノオ会本部の人間の顔などわかるわけがない。

「何か御用でしょうか？」

　ガランはノートを閉じて机の引き出しに入れる。

　さすがにスサノオの手引きでやってきた者のようには見えなかった。変な対応をすれば、ガランの身の安全は確保されなくなる。

　いっそ警察にでも捕まっていたほうが安全だったのかもなあ、とガランは後悔した。

「殺風景な部屋だなあ。スサノオくんは君をこんな部屋に？」

ガランは頭を働かせる。相手の服装を見る限り、末端の人物ではなさそうだ。何よりガランの部屋の鍵を開けられるということは、それなりに権力を持っているのだろう。

ガランは椅子から立ち上がる。目の前の男はガランと背丈は変わらないが、体重は五割増しくらいありそうだ。年齢は三十前後くらいだろうか。

今、ガランの命を握っているのはスサノオだ。彼を裏切るとこの先、生きてはいけない。そして、彼が一番恐れているのはナギの存在がばれることのはずだ。

一呼吸置いてガランは口を開く。

「……ええ。たとえ味方でもスパイなんてものを好む人はいませんよ。まさか二重スパイの疑いをかけられるとは思っていませんでしたけどね」

だからこんな部屋に閉じ込められているとガランは遠回しに伝える。

「ふうん」

ふくよかな男はマシュマロをつかむと口の中に放り込む。咀嚼し終えたところでまた口を開く。

「そうだねえ。よくもまあ惟神學園なんかに潜入できたと、そこは評価すべきところだろうに」

ガランは身辺調査に入られている。友人だと思っていた人物がとうに売っていたのだ。

「惟神學園では何かつかめたかい？」

「重要な内容はすでに報告してありますよ」

「それなんだけどねえ。スサノオくんは僕のことは嫌いなのかなあ。あんまり教えてくれないんだ」

　スサノオ『くん』という。スサノオ会の幹部であっても『さま』付けのはずだ。

　こいつも『神』なのだろうか。

　ガランは唾を飲み込み身構える。

「何を身構えているんだい？」

　マシュマロ男はガランを見透かしていた。

「僕は君を取って食おうなんて考えていないよ。ただ、スサノオくんがこうして監視している人物がどんな人なのか気になっただけさ」

「僕の個人情報なんて筒抜けかと思います」

「ああ。筒抜けだ。神力貯槽器官がないレアケース。本来なら神通力も発現せず、一般人として生きていた。ただ、その神力による作用で類稀な運動能力を発揮したが故にヒミコとして発見された」

　思わずガランの顔が引きつってしまう。

「一つ質問なんだけどさ」

「なんでしょう？」

「君のその体質は、遺伝によるものなのかな？」

ガランは聞かれたくない質問をされている。最初にそんな確認をするのはまず研究者である場合が多い。

「まず両親はヒミコだと認定されていないので、遺伝かどうかさえわかりません」

実際には母方の遺伝だろう。又従妹であるナギが同じ体質だ。だが、それを口に出すわけにはいかない。

「確認だけど、君はスサノオくんの又従兄だってねえ」

「はい」

「君の情報提供のおかげで、類稀なる才能を見つけ出すことができたが、上層部は正直期待していなかったそうだよ。元々、ついでのつもりだったと」

『何の』ついでかと言えば、スサノオの祖母を殺害することだろう。ちょうど一緒にスサノオがいた。だから連れてきた程度のことだろう。

正直、ガランも驚いた。ナギの兄、たけるの力は誘拐される前はヒミコとして平凡(へいぼん)なものだった。記録によればその能力は観念動力(テレキネシス)であり、さほど神力も大きくなく場所によって安定しないとあった。祖母たる天宇受賣命は未来視と精神感応(テレパシー)を応用した治癒(ヒーリング)能力を持っていたとある。

ナギの証言や祖母からの遺伝を考えると、精神感応(テレパシー)能力を持っている可能性は高い。

とはいえ、神力も神通力も凡庸(ぼんよう)の域を出ないだろう。

だが、今のスサノオはどうだろうか。スサノオ会のトップ能力者として君臨している。

本物の『神』を作るために手段を選ばぬ集団の中でナンバーワンに立つ。一体何が理由なのか。

「君もスサノオくんが凡庸なヒミコだと思っていたんだろう。だから、こうしてスサノオ会の要となるとは思わなかった」

「そうでしょう。何より僕は彼のことをさほど知りませんでしたから」

だから、何も考えずに話した。こうして身動きできぬ立場になったのも自業自得だった。

「彼の額の傷は知っているかい？」

「スサノオ会に来る前に事故にあったと」

「いやあ、不幸な話だよ。巻き込むつもりはなかっただろうけど、そのためかなあ。彼が才能を発揮してしまったのは」

「脳に衝撃を与えることで、神通力が肥大化するという研究ですか」

「おっ、詳しいね」

ガランは思わず笑う。詳しいも何も半世紀も前に非人道的だとして禁止されたその方法を、今でも能力開発と称してやらかす連中はおり、ガランはその実験動物として扱われていた。

「スサノオくんは事故によって、今の膨大な神通力を使えるようになった。でも、おかしいんだよねえ」

「何がおかしいんでしょうか？」

ガランの質問に、マシュマロ男はソーセージのような指で額を指す。

「脳を揺らして得られるのは、新しい神通力の覚醒（かくせい）」

『脳を揺らす』と奇妙な言い方をするマシュマロ男。

「ええ、学会でも数例ありましたね。ごく稀な現象で、国内では三例のみだったはずです」

「さすが、お詳しい。では、神通力は覚醒するとして、神力はどうなるか、知っている？」

「……神力が増大したと書かれた例はありませんでした」

「そうなんだよ。でもスサノオくんは、人並み外れた膨大な神力を持った。その理由を研究者として突き止めたいと思わないかい？」

「僕はただ言われるまま仕事をするだけです」

ガランはちらりと引き出しを見る。頭の中でナギの体質とスサノオの例を照（て）らし合わせる。

「何か気づいたことはないかい？」

「いいえ」

「そうかい」

マシュマロ男はまたマシュマロを口の中に突っ込む。

「君なら僕の仮説を理解してくれるかなと思ったんだけど」

マシュマロ男は咀嚼し終えてから話す。不躾（ぶしつけ）なようで、口に物を入れたまま話さないあたり、妙な育ちの良さがあった。だからあえてマシュマロを口にしているのが、役作りのようにガランには思えた。ガランがひたすら無能だが善良な先生であったように、マシュマロ男もロールプレイをしているように感じた。

　ずんと重い肉体がガランに近づくとともに太い指が伸びた。

「さっきから視線がちらちら移動していたね」

　マシュマロ男は机の前に立ち、ガランが止めることもできない間に引き出しを開きノートを手に取った。ぺらぺらとページをめくり、にやりと頬を緩める。

「返していただけますか？」

　ナギの名前は出していない。何より断片的な書き散らしばかりだ。意味がわかっていないと思いたい。

「どういう研究していたか説明してくれる？」

「この通り、自分の体質を中心に研究していただけです。もし必要であれば、惟神學園にいたころに書いた論文のＵＲＬを教えましょうか？」

「ははは。検索すれば出るんだろ」

「ええ、まだ出るかと思います」

　マシュマロ男はガランにノートを返す。

「ありがとう。面白い会話ができて嬉しいよ」

「僕も何日ぶりかわからない会話でした」

「機会があればスサノオくんに言っとくよ、人道的な扱いをしてあげなよってさ。勝手に自由にするわけにはいかないけど代わりに――」

マシュマロ男はふと思い出したかのようにマシュマロの袋を見る。

「おやついる？」

「けっこうです」

「そう。残念」

マシュマロ男が部屋から出ると、鍵がかかる音がする。

ガランは床にへたりこむ。

ノートの中身を確認する。

「わかるわけないはず」

こんな断片的な単語の羅列で理解できたらどんな天才だ。

何よりぺらぺらとめくっていただけだった。

「わかるはずない」

ガランは言い聞かせるようにノートを見つめた。

2

廊下の外で待っていたのは、いつもマシュマロを焼かせている発火能力者の子どもだった。

「お待たせ。終わったよ」

オモイカネは子どもの頭にそっと手をのせる。子どもに名前はない。確か『や十一号』と呼ばれていたはずだ。『や』は『いろはにほへと』の二十九番目。スサノオ会ができてから『神』候補（こうほ）として連れてこられた神通力能力者の二十九期生となる。十一号というのは少なくとも十一人は候補生がいるということだ。たしか二十名ほどいるのだろうか。

ヒミコが生まれる確率は千分の一と言われる。年々、神通力研究の発達により見つかる能力者の割合は増えている。だが、昨今の出生率の低下により毎年千人ほどしか新たに神通力能力者は見つからない。つまり二パーセントをスサノオ会が保護していることになる。

オモイカネは子どもにマシュマロを焼いてもらい、一つを子どもに差し出す。

「マシュマロ食べるかい？」

「はい」

子どもはマシュマロをほおばる。

もとはちゃんとした家があった子であろう。たかだかマシュマロ一つでこんなに笑みを浮かべるとなったらどれだけ雑な扱いをされていたのか。

「悪い大人しかいないねえ」

そしてオモイカネも悪い大人の一人だ。今、オモイカネが考えていることを口にしたら、みなどう思うだろうか。

オモイカネはマシュマロを口にする。

「やっぱり少しあぶったほうが美味しいね」

マシュマロは少し溶けて唇にはりつく。火傷しないように気を付けながら、考えをまとめる。

「ガランくんだったかなあ。彼とはもっとしっかり話したいけど。なんか警戒していたなあ」

飯波ガラン。元は惟神學園の教師で、スサノオ会のスパイ。些細な嫉妬から又従弟をスサノオ会に売ったことで蟻地獄にはまった哀れな男だ。

もがいて落ちるだけの男はそれでも何か隠している。きっとスサノオが何かでガランを操っているのだろう。スサノオをうまく操れていると思っている上層部の連中はのんきだとオモイカネは笑えてくる。

とはいえ、正直に上層部に報告するつもりもない。都合がいいからだ。

オモイカネは未来の記憶をたどる。断片的に頭に残った未来をどう実現させるか、どう成功させるか。

頭の中で模索する。

いくつものパーツを集め、組み合わせ、理想の形を作っていく。そして、さっきのガランのノートには、オモイカネが欲しがっていたパーツが書かれてあった。

「レアケース、無尽蔵の神通力、精神感応能力、ハッキング……」

パズルのピースが組み合わさって、絵ができていくのは気持ちが良い。

オモイカネの予想通りなら実験は成功する。だめならまた挑戦すればいいだけだ。

方法は一つではない。

オモイカネは自室につくと、子どもに残りのマシュマロをあげた。

「ばれないようにさっさと食べるんだよ」

そう言って部屋の中に入る。和室、広さは十畳ほど。個室としては広いが、スサノオやカグツチの部屋に比べるとずいぶんこぢんまりとしている。

オモイカネにとってはちょうどいい広さだ。

ずっと住んでいた実家と変わらぬ間取りにしてもらっている。正直、今の体形だと洋室のほうが使いやすいが仕方ない。

座椅子に座ると、文机（ふづくえ）の上にあるタブレットを手にした。

「あー、うまくやっているかなあ」

タブレットには地図が映し出される。神藏市（かみくらし）という地名に、赤いピンが五か所刺さっている。つなげると五角形になる。

「成功すると面白いなあ」

オモイカネは正五角形の真ん中を指で拡大する。そこには『神藏駅前ロータリー』と大きく書かれていた。

第7話

十月十五日　前編

1　午前十時

神在月の集会は金土日にかけて行われる。

今日は金曜日だが惟神學園も休校なので、祭りに興味がない生徒も大喜びだ。イベントがイベントだけに、ナギたちのようにバイトする生徒もいれば、自分から企画して祭りを盛り上げる生徒もいる。

「あそぶぜー」

「みるるちゃん、この間も遊んでいたでしょー」

ナギたちがバイトをしている間、みるるはレイリ先生と買い物を楽しんでいたのだ。今日着ている服は初めて見るので、先日買ったばかりだろう。

結局、みるるはナギがバイトのたびにちゃっかりバスに乗ってきていた。レイリ先生だけでなく安心院先生を引率に連れていくこともあった。ホシノさんとも仲が良いのだろうか。

（みるるちゃんは年上にかわいがられるタイプだもんなあ）

まだ同級生とはよそよそしいのは仕方ない。

「ナギはずっとしごと？」

「いや、当番制の時間だけ。モニュメントに何かあったときのために、誰か待機しているの」

一応、強度は確認したがパズルのように組み立てた代物だ。何かあったとき、すぐさま対応できる人を置いておくのだ。

「よーし、いっしょにまわろう」

「うん」

ナギはモナカのほうを見る。

「モナカも私と同じ時間に待機だったよね」

「ええ、どこを回ろうかしら？」

モナカはスマホでイベント情報を検索する。ナギは一応パンフレットを持っていたが、スマホで十分ならそちらで見ることにした。

「おーい、モナカー、行くのかー」

モニュメントの前でサガミが叫んでいる。

「よんでるぞモナカ」

「聞く必要あると思う？」

「ない」

モナカとみるるはこういうときだけ気が合う。ナギは申し訳なさそうに手を振った。

市役所を出てメインストリートを歩く。

お祭りというのは特に飲み食いや買い物をしなくても、歩いているだけで楽しい。

みるるは手首につけた制御装置をなにやらいじっている。

「どうしたの？」

「なんかへんなかんじがするからおかしくないかみている」

「ふーん。街中に来るんだから調節してもらっておいたらよかったんじゃない？」

「ぜんかいきたときはもんだいなかった」

みるるはぷうっと頬を膨らませている。

「大丈夫？　他の人の心の声とか聞こえちゃうの？」

「ううん。むしろふだんよりなにもきこえないきがする」

「なら問題ないわね。制御ができてないなら問題だけど」

「そだね」

みるるはナギにいつもどおりよじ登る。

「ナギ、歌会について気にしていたわね」

「うん」

「モニュメント飾った中央公園に日本庭園があるのは知っている？　そこで曲水の宴をやっているから見る？」

「いいの!?」

ナギは目を輝かせる。

「うちの生徒も多分出ているわねえ」

「トータでるかな？」

みるるがさして興味がなさそうな声で言った。

「トータくん、和歌得意だったっけ」

「本人は嫌がるけど、なんだかんだでよくできた歌を作るし、和装も着慣れているから先生に押し付けられるのよね」

「大変だなあ」

「こんかいはでていない」

みるるはスマホを使って調べていた。読み取れない漢字は音声読みで確認している。

「とりあえず行ってみようか。屋台とかたくさん出てるよね？」

「屋台メシかあ。たまにはいいでしょう」

普段は、學園の学食ばかりでヘルシーで栄養価が高い料理が多い。ジャンクものが食べたくなるのは仕方ない。

「やきそば、りんごあめ、わたがし」

「箸巻き(はしまき)、かき氷(ごおり)、射的(しゃてき)」

「恥(は)ずかしいから歌うのはやめてね」

モナカが呆れていた。

みんなお祭り気分なので浴衣(ゆかた)を着ている人もちらほらいる。『神在月の集会』という建前(たてまえ)の祭りなので仕方ない。

肝心の神さまはどうするかといえば、一応神さま同士の情報交換のようなものはあるらしい。初日の今日は學園長はそちらを優先して不在だ。あとはイベントで、神通力を見せるという。

（正直、江道大社のイベントと変わらないかなぁ）

そこのところはどうなのかなとナギは思う。

「神さまたちはどんなことやるのかな？」

「ほれ」

モナカがナギにイベントスケジュールを見せた。イベントは主にメインの特設会場、三つのモニュメントがある会場の四つで行われるようで、四つのタイムラインに分かれている。

「今は開会式の途中だね」

神さまは総勢十名ほど来るようだ。それぞれ挨拶するらしく、開会式の流れに組み込まれていた。他のイベントに差し込まれるように神通力のお披露目のような催しがある。

（師匠、苦手そう）

今回はちゃんとホシノさんがついているので問題なかろうと思いたい。挨拶もカンニングペーパーはちゃんと用意しているだろうか。心配になってきたが、ナギが行っても仕方ないので大人しく曲水の宴の会場へと向かう。

「あそこだ、あそこ」

みるるがナギの上から指す。

　公園の一画、白壁に囲まれた区域がある。壁をたどっていくと、立派な門が見えた。大きな一枚板には『旧柏樹邸』と書かれてある。普段は入場料を取っているようだが、今日は無料開放されていた。

　門の中は砂利が敷かれ、屋敷まで飛び石が置いてある。大きな庭石に、まだ青々した紅葉、ふっくらした苔の緑が目に優しい。

「なかなかりっぱですなあ」

　みるるが腕組みをして専門家ぶっている。

「入場料取るだけあるわね」

「お庭の管理大変そう」

　それぞれ感想を述べる。

『曲水の宴　こちら』

　張り紙がはってあり、指示に従ってついていく。

　ナギたち以外にも観客はいるようで、観客席の赤い毛氈が敷かれた床几台には十数人座っていた。

「抹茶とお菓子はいかがですか？」

　和服を着た女性がお茶菓子を配っていた。

　ナギは小さな湯飲みと練り切りをいただく。秋らしく銀杏の形をしていた。

「ふうん」

和菓子屋の娘であるモナカは、じっくり観察するように食べている。『モナカ』という名前を嫌う割に、和菓子には妙にうるさい。

すでに参加者は小川のほとりに座って待機している。狩衣(かりぎぬ)や小袿(こうちぎ)を着ていて、見ているだけで楽しい。女性参加者は、髪文字(かもじ)をつけてロングヘアーにしている。

よく見ると参加者の中にはナギが知っている顔があった。惟神學園の生徒たちだ。

「これ出ると内申点(ないしんてん)上がるのよね」

「ほ、ほんと⁉」

「ええ。でも準備が忙しくて中間テストを捨てる羽目になるけどね」

「……だからモナカは参加していないんだ」

ナギは妙に納得した。

そうこう話しているうちに開始の時間になったようだ。スピーカーから音楽が流れている。

さすがに音楽は録音されたものだったが、それでも十分雰囲気が出ていた。

「本格的だねえ」

「テレビのさつえいもきているぞ」

「映りこまないようにね」

モナカがみるるに注意する。みるるは不服そうだ。

曲水の宴は音楽とともにしめやかに始まる。

参加者は短冊に筆を滑らせている。できた人から歌を詠(よ)んでいくようだが、大変そうだ。

「私、これ参加は無理だわ」

ナギは小声で言った。

「そうね。中間テストのほうを優先なさい」

モナカがもっともなことを言う。

どんどん歌が披露されていく。歌の善(よ)し悪しがわかるほどナギはまだ慣れていない。たまにモナカが頷く歌は良いものなのだろうな、くらいの感覚だ。

平安貴族を模しているので、周りでは着物を着た人たちが筆や短冊を渡している。よく見るとうちの學園の生徒が手伝っているようだ。

(あれもバイトかな?)

それとも内申点稼(かせ)ぎだろうか、などと失礼なことを考えているとその中の一人と目が合った。

「……」

狩衣を着た少年は一瞬止まり、そして目をそらした。

「おやおやおや」

「ほうほう」

モナカとみるるも目が合った人物に気が付いたらしい。

普段気が合わない二人であるが、今は意気投合している。

目をそらした少年は、トータだった。歌は詠んでいないが、狩衣を着て手伝いをしていた。

「トータもバイトしているのか？」

「どちらかといえば先生に頼まれたんじゃない？　歌は出せなくても勝手を知っているから、段取りがいいでしょうし」

「そうかそうか。おい、まっちゃのおかわりをくれないか？」

あくまでみるるとモナカは小声で話しているが、トータはからかわれているとその態度からわかるだろう。

ナギは小さく手を添えて「ごめん」と頭を下げるが、トータは居心地の悪そうな顔をして仕事を続けていた。

2　正午

歌会が終わったのは一時間ほどしたころだった。

「ねえ、何がしたいわけ？」

不機嫌な顔をしたトータがやってきた。

「おや、まあきものだあ」

「さすがに着慣れているわね」

「俺の話聞く気ある？」

「まあまあ」

ナギはモナカたちの間に入る。

「別にトータくんがいるとわかっていて来たわけじゃないから。たまたま偶然やってきただけだから」

「……」

ナギとしてはからかうつもりで来たわけではないと弁明したつもりだったが、トータはさらに不機嫌になる。

（ええっと、何が悪かったのか）

「せ、せっかくだからトータくん。似合うから写真撮って送ろうか？」

「一番煽(あお)ってるのってナギでしょ」

トータがむすっとした顔で言った。

「そういうわけじゃないけど、せっかく似合っているんだしさ」

「にあっているわけだしー」

みるるがナギの真似をする。

「はいはい、写真は撮らない。着替えてくるから、じゃあね」

「あら、歌会は午後の部はないの？」

「当番制。人手不足だから仕方なく手伝っただけだから」

やはり先生に頼まれて引き受けたようだ。

「君たちは一日暇なわけ？」

「いちにちフリー」

みるるが手を挙げる。

「私は午後からモニュメントの見張り当番だよ」

「モニュメントってあれ？　あの意味不明な物体？」

かなり大きなモニュメントなので日本庭園からも見える。

「そう。無駄だよね」

「元も子もないこと言わないでよ！」

一応、ナギたちが一生懸命組み立てたものだ。倒壊しないか、安全性の云々で何度も確認した。

「無駄かどうかはともかく私たちのバイトという雇用は生み出しているわ」

モナカとしてはお金がもらえればそれでいいようだ。

意味があるかないかはともかくとして、待ち合わせ場所として人は集まっている。

「トータにかまっているひまはない。つぎにいこうか」

「そうね」

ナギはスマホを確認してイベントスケジュールを見る。

「これ見たいんだけどさ」

「月読命のイベントか？」

トータは着替えるとか言いながら残っている。

「時間的には余裕だけど場所が遠いわね」

「二時から交代なんだけど」

「ぎりいける」

みるるが親指を立てる。

（どうしようかな？）

ナギは余裕をもって行動した結果、月読命のイベントを見に行かなかった場合を想像した。

『ナギ、見てくれたか？』

『そうか、他に用事が』

『うん、わかった……』

月読命はイベントごとが苦手だが、だからといってナギが来ていなかったら微妙に落ち込みそうだ。

隣でイマジナリーホシノさんがいじけた月読命に対して舌打ちしている。

「とりあえず月読命のほう行ってみていい？」

ナギは天秤を月読命に傾けた。終わったらすぐモニュメントへ走って向かわねばならない。

「そういえばみるるちゃん」

「なに？」

「久しぶりにホシノさんに会えるんじゃない？」

ナギは肩車したみるるに聞いた。

「？」

みるるは首を傾げる。

トータが何を言ってる、という顔をしていた。

「ナギはホシノをしっているのか」

（あー）

ナギはしまったと思った。

まずナギが月読命と師弟関係であることは内緒だし、そうなるとホシノさんとの接点はない。

みるるは精神感応能力者（テレパス）だし、モナカは勘がいい。

「ほ、ほら、あのとき！　遊園地に行ったときに、ちょうど話す機会があって」

ナギは苦しい言い訳だと思った。正直に話したいところだが、何も話すなと言われている。トータは知らないとそっぽを向いていた。

「ふーん」

モナカは興味なさそうに歩き始める。

「時間になっちゃうわよ、とりあえず向かいましょ」

「そうだな」

みるるもこれ以上つっこむ気はないようだ。

おそらく気を遣われている。ナギは思った。そして、今のナギはその気遣いに甘えるしかない。

「ホシノにあったらなにかかしをもらおう。いつももっている」

ホシノさんは月読命のエネルギー源（げん）としていつも持ち歩いているのだろうと容易に想像ができた。

3　午後十二時半

月読命のイベントはメイン会場で行われる。

三つのモニュメントの中心にあり、それだけ人だかりができていた。

「ナギ、あれもたべよう」

「みるるちゃん、ソースはこぼさないでね」

「しょうち」

お昼もかねて屋台で買い食いを行う。

「小動物、どんどん人多くなってるけど本当に問題ない？」

「ふしぎなほどにもんだいない」

みるるはたこ焼きを食べながらご満悦だが、ナギの顔に鰹節がかかっている。

「ほんとふしぎなほどに」

みるるは首を傾げながら手首の制御装置をつんつんしている。

「またこわれているきがする」

「壊れているなら制御できてないから、逆にうるさいはずだけど」

「それもそうだ」

みるるは深く考えるのはやめたらしく、新しい屋台を物色する。

「つぎはちょこばなな」

「はいわかりました」

あちこちに神さまのポスターが貼られている。

(師匠いっぱいだなあ)

學園長や夜刀神の写真もあるが一番多いのは月読命だった。

イベントも目玉らしくそれだけ多くの人が集まっている。

「おやおやあ」

みるるがりんご飴で口を真っ赤にしながら誰かを見ている。

「なんでここにいるのか？　トータ？」

「……」

さっき別れたはずのトータがいた。衣装はそのままで立て看板を持たされている。

「宣伝してこいって言われたんだよ！」

「ほうほう」

「そうねえ、宣伝ねえ。ここなら人が集まるからねえ」

みるるとモナカがにやにやしている。

「じゃあ、一緒に見る？」

「!?」

トータはいきなり顔を伏せる。

「どうしたの？」

「別に。仕事あるからここらへんぐるぐる回ってくる」

「そう、残念」

ナギは速足で去っていくトータに手を振った。

「むじかくはこわい」

「本当に」

みるるとモナカが同意する。

「？」

ナギはよくわからないまま、メイン会場へと向かった。

4　午後十二時五十五分

ツクヨミはいつものごとくナーバスになっていた。

舞台のそでから集まった観客をのぞいていた。メインとはいえ特設会場。所詮、急遽作られただけの場所なのに、千人以上集まっているようだ。

「人が多すぎる。これが人口増加か？」

神藏市は地方都市だ。人口は八十万人もいないと聞いているが、ずいぶん人が多くないだろうか。

歌手のコンサートではない。ただのお祭りのイベントなのだからもっと少なくていいはずだ。

「今の日本は少子化だ」

ホシノがツクヨミの衣装の最終チェックをしていた。折れ曲がっていないか、ほこりがついていないか丁寧に確認している。

「いつもどおりやれ。俺なしでも江道大社ではやってのけたんだろうが」

江道大社では緊張したが、特に台詞もなく浮いていればよかった。だが、今回はソロだ。

「學園長、學園長こそ一番目立つ舞台に立つべきでは？」

「學園長は、今日は留守。たく、神在月の集会のときに呼び出すなんて嫌がらせかよ」

「夜刀神は、夜刀神はどこだ？」

「あいつはサブ会場。渋っていたけど、その分一日三回イベントいれてやった」

ツクヨミは顔をさらに曇(くも)らせる。

「もう何度このやり取りやったと思ってんだ？」

ホシノは呆れているが、ツクヨミはあきらめたくない。

「なあ、腹が痛いんだが」

「わかりきった仮病(けびょう)使うな。さあ、行け」

「ううっ」

背中を押され舞台に立つ。

ツクヨミは心を無にしたまま、打ち合わせの通りに動く。まず中央のテープが張ってある位置まで歩く。そこで客席を見るとともに浮かぶ。

音楽に合わせてと言われるとツクヨミはよくわからない。ただ、会場の一番後ろ、観客には見えない位置に旗振りの要員がいる。ツクヨミはそれに従って舞台の小道具を浮かせ移動させる。

なんだか懐かしいと、思った。いや懐かしいという感情はあっているだろうか。ただひたすら神通力を使いこなし、ノルマを達成できた分だけ食事が与えられたあのときのことだ。

まだスサノオ会にいたころ、ツクヨミはよく人前で似たようなことをさせられていた。

そのときはひたすら大きな岩を動かす、水を宙に浮かせるなどもっと単純な動きでよかったが、今思うとまだ七つにもなっていないときによくできたものだ。

ツクヨミは優秀でただ言われたままに動いた。何の自主性もないのがより気に入られたらしく、逆に意見を言う子どもは体罰を与えられていた。何か逆らうと精神感応(テレパシー)系の神通力をかけられて素直になって戻っていく。おそらく洗脳の類だろう。

ツクヨミも時折かけられていたが、あまり意味がなかった。生まれたときから洗脳され、だがそれはいつのまにかなくなっていた。

ツクヨミの神力の量は多く、たとえ精神感応(テレパシー)能力がなくとも相手の洗脳をはじけるレベルにまで到達していたらしい。あとスサノオ会にはそれほど高位の精神感応能力者(テレパス)がいなかったのではと思う。ホシノの親もホシノもかなり高位の精神感応能力者(テレパス)であり、學園長に至っては世界有数と言われている。

それでも洗脳が解けていると疑われなかったのは単にツクヨミが従順だっただけだ。当時のツクヨミには一般常識がなかった。これが当たり前と思って従っていた。

ツクヨミは指示に従う。浮かせた布をはためかせ、観客の真上へと移動させる。その中に見知った顔があった。

他の観客の邪魔(じゃま)にならないように手を振っているのはナギだ。周りには友人たちがいる。

なんとも恥ずかしい気持ちと、でも来てくれなかったら落ち込んでいただろうという複雑な気持ちで板挟みになる。

ともかく格好悪いところを見せないようにと力をいれてしまった。結果、リハーサルより大振りになってしまい、天井から吊(つ)り下げたスポットライトにあたってしまった。ツクヨミは慌てて、神通力で動きを止める。ぶつかっただけでライトは割れていないようでよかった。

観客にはライトがチカチカ揺れたように見えただろうが、演出だと誤魔化(ごまか)しきれるとよい。

そんなほっとした矢先だった。

ナギの斜(なな)め後ろの男が妙に気になった。

見た目は普通の中年男性だが、既視感(きしかん)がある。どこで見たのか。

中年男性はツクヨミのほうを見て何やら口を動かす。

『久しぶりだな』

そう言っているように思えた。

その瞬間、ツクヨミの頭に痛みが走った。

『従え、従え、従え』

過去に何度も受けた洗脳の声だ。以前よりも強く大きな声だが――。

いくら出力を大きくしても、今更ツクヨミに通じるものはない。ただ、この精神攻撃(こうげき)はツクヨミ以外にも被害をもたらしていた。

「一体、どういうことだ！　誰だ、精神攻撃をやっているのは。おい、中止だ中止！」

ホシノはこめかみを押さえながら、周りに指示する。

観客席を見ると、阿鼻叫喚の図が広がっている。頭を抱えてうずくまっている者、意味がわからず叫びだす者、ツクヨミの場所から近いものほど苦しんでいるのを見ると、ツクヨミが狙われ周りがとばっちりを受けたと考えていいだろう。

ようやく観客席の男の正体がわかった。

ツクヨミが七歳までいた場所、そこで教官をやっていた男だ。もう十二年も前のことなので多少老けているが間違いないだろう。そして、その眼力はツクヨミを再び洗脳しようとしていた。

何らかの増幅装置を使っている。でなければここまで大がかりな真似はできないだろう。

ツクヨミはきゅっと唇を結ぶ。

ナギは無事なようだがうろたえている。

「……いつまでも子どもだと思うな」

ツクヨミは観客席の上に漂う大きな布を例の男へと向ける。そして、ぐるぐると巻き付け捕縛した。そのまま舞台の上へと移動させる。

「ツクヨミ、そいつは⁉」

ホシノがあっけないという顔でツクヨミに近づいてくる。

本当にあっけない、なんでこんな男の言いなりになっていたのだろうか、とツクヨミは思った。それだけ当時のツクヨミは何もなかったのだろう。

「スサノオ会の幹部、だと思う」

ツクヨミとしても大昔の記憶なので、曖昧（あいまい）な言い方になる。

「おまえ、そんな真似をして私たちを裏切るのか！」

「裏切るも何もねえ」

ツクヨミに代わって怒るのはホシノだ。

「これはテロ行為でいいんだよな！」

「何を言うか。これは正しき組織にて神を保護するための聖戦である！」

「知るか、ぼけ！」

ホシノが睨みを利かす。正直殴りかからないか心配だが、その点は腐（くさ）っても警察官の息子だ。一応、ここでいきなり殴るのはまずいと思う程度の理性はある。

「早くこの状況をどうにかしろ」

「私にどうしろと。これは私だけの能力ではない」

妙に誇らしそうに言う男。男を捕縛しても観客席の叫び声は終わらない。何らかの道具が介入しているのだとツクヨミでもわかる。

「そうか」

ホシノは冷めた目で周りを確認する。

苦しんでいるのは一般人がほとんどだろう。精神感応能力（テレパシー）がなく神力もないとすれば、全く抗（あらが）う術がない。

「あとで始末書書かねえとなんねえ。緊急事態だから甘く見てくれるといいけどなあ」

　ホシノは手に付けた制御装置を舞台にぶつける。日常生活に耐えられるよう耐久性を重視して作られた道具だが何度もぶつけられると壊れてしまう。

「何をする気だ？」

「てめえは精神感応能力者（テレパス）だろ？　生憎（あいにく）、俺も同業なんだよ」

　ホシノは悪魔じみた笑顔を見せると、男の顔をわしづかみにした。

「得意じゃねえんだよ、こういうのは。加減ができねえからご・め・ん・な！」

　会場の阿鼻叫喚の声に中年男の叫びが加わるが周りはそんなものを気に掛ける余裕はない。

　ツクヨミとしては何をすべきか考え、苦しんでいる一般人を舞台から遠ざけることにする。

「ホシノ！」

　甲高い声が聞こえた。

　誰かと思えば、ナギたちがいた。ナギは友人を肩に乗せている。

「どういうことだ？　ホシノがやらかしたのか？」

　友人はナギから降りると、ホシノの横に立った。

「すまんが、このちみっこをどけてくれないか。いろいろ混線する」

「はい！」

ナギは慌てて友人をどける。

「みるるちゃん、邪魔したらだめだよ」

「そうか。でもじょうきょうかくにんはひつよう」

みるるという子の言う通りだ。だが、ホシノの手が離せない以上、説明できるのはツクヨミしかいない。

「説明していただけますか？」

もう一人のストレートの髪の少女が言った。

女子高生がナギを含めて三人いる。正直、緊張するが仕方ない。ナギに話しかけるのなら問題ないだろう。

ツクヨミは救助の手を休めずに口を開く。

「その男はスサノオ会の人間だ。どうやら俺を狙って攻撃してきたようだが、この通り」

「捕まっていますね。でもみんなまだ苦しんでいるようです」

「神通力を増幅させているのだろう。座標をこの場にいる俺に合わせていたようだが、余波で一般人を巻き込んでいる」

三人ともある程度神力があるのだろうか。ストレートの髪の少女は少しこめかみをおさえているが我慢できないほどではないようだ。

「どうりであさからせいぎょそうちがへんだとおもった」

みるるが言った。

「せいぎょそうちがへんだったんじゃない。ずっとこのばになにかおかしなちからがあったんだとおもう」

みるるという少女は小さく舌足らずな割に、核心をついてくる。

「そうみたいだな。あー、俺が気づかねえなんて、畜生(ちくしょう)！」

ホシノはげっそりした顔をしながら髪をかきむしった。社会人としてしっかり固められた髪がぼさぼさになる。緊急事態でなければ禁止されている、他人の思考を読み取る行為を行ったのだ。

「断片的になら読めたけどそれ以上は無理だな。ジャミングで気持ち悪い。ツクヨミの言う通りこいつはスサノオ会の人間、しかも確かに幹部っぽい。んでもって、狙いはツクヨミだがここで誤算」

「誤算とは？」

「増幅装置が用意されているが、どこに何を仕掛けたのかまではわからない。面として配置されているから少なくとも三か所はあるだろう。あと、こいつは起動装置に過ぎない。この状況は設置された増幅装置を壊さない限り、改善されねえ」

ホシノはスマホを取り出していた。

「くそ、電波死んでるわ。この状況だと精神感応能力(テレパシー)で呼びかけるのは無理だな」

「こんせんして、ひがいしゃがふえる？」

「それもあるが、ジャミングがかかっている」

連絡手段も遮断されている。計画的犯行だとツクヨミでもわかる。

「ちょっと、それ大丈夫なんですか?」

モナカが聞いた。スマホはつながらないらしくあきらめてポケットにしまっていた。

「大丈夫じゃねえよ。緊急事態だから、こうして一般人である君たちの前でもべらべら話している。とりあえず増幅装置を探すのが先だな。神通力関連なら惟神學園の生徒は協力してくれるだろう」

正直、ツクヨミとしては學園の生徒は巻き込みたくない。スサノオ会にとっては、才能ある神の卵なのだ。だが、一般人が巻き込まれている以上、拒否できない。

今のヒミコを保護する動きはあくまで一般人に危害を加えないことで与えられている権利に過ぎないからだ。ヒミコは義務として一般人に向けて有用性を示さないといけない。

「増幅装置ってどういうものなんでしょうか?」

ナギが質問する。

「どういう形態かは作る人による。紙製だったり木製だったり、人形や札の場合もある」

「月読命が狙われたということは、ここを中心に装置は配置されているということですよね?」

「そういうことになるな」

ナギは他の女子二人と示し合わせると、ポケットからパンフレットを取り出した。集会のイベントスケジュールとマップが書かれている。

「みるるちゃん、制御装置が変だなと感じたのどこだっけ？」

「ここここ」

みるるが指した場所に、ボールペンで丸を付ける。

「逆に違和感がなかったときってある？」

「うーんと、うたよみのときはとくになにも」

「曲水の宴はここだから」

ナギは三角を書き込む。

「どういうことだ？」

ツクヨミも地図をのぞき込む。

「みるるちゃんが違和感を持った場所が、増幅装置の範囲内だと思ったんです。他の神通力では反応しないけど、精神感応能力（テレパシー）だけは変に思ったのなら辻褄（つじつま）合いますよね？」

「それもそうだな。そして、この中央公園の日本庭園では反応しなかったとなると」

ホシノがナギからボールペンを受け取って、メイン会場を中心に大きな丸を描く。

「これって」

ストレートの髪の少女が何かに気が付いたようだ。

「この範囲、きっちりモニュメントがあるのは偶然ですか？」

「ほんとだ」

「だいたいまんなかにメインかいじょうがある」

その通りだとツクヨミも思う。

「いや、待て、さすがにモニュメント三つに増幅装置を付けるのは単純すぎないか？」

「ええ。そうだと思いますが、他に想像がつきません。あと、さっき『面』で増幅されているると話していましたよね。仮に五つの増幅装置があるとして、三つがモニュメントにあったらどうですか？　三つとも壊したらどうなりますか？」

「面は線になって、危険性はなくなる」

ホシノとしては他に思いつく場所はなかった。

「わかった。とりあえずモニュメントのところの増幅装置を探そう。ただし」

「ただし」

ホシノはナギを指す。

「ナギは留守番だ」

「どうしてですか？」

「なあ、お友達はナギの特殊性を知っているか？」

「ええ、レアケースの中でも特に変わっていると」

「じゃあ、使わないで流れ出している神力を与えることができるって話は？」

「なんかちらっときいた」

みるるが答える。

「そんな奴が下手に増幅装置に触れたらどうなる？　増幅装置を壊すどころか神力を与え

てしまったら、被害は増大する」

「そんな!?」

ナギは何か言いたそうだ。ナギには逆に神力を吸い取る能力もある。だが、本人はまだ力の制御ができていない。

ホシノの意見はもっともなものだ。

「俺は他の連中となんとか連絡を取る。みるるたちはとりあえずここのモニュメントに向かってくれ」

「わかりました」

「俺はどうすればいいか？　瞬間移動(テレポート)で飛ぼうか？」

「おめえはこちらで栄養補給しながら、会場の人たちを移動させてくれ。燃費切れしたところで狙われたら困る」

ホシノはいろんなものを天秤にかけて指示している。本来ならツクヨミがリーダーシップをとるほうがしまるのだろうが、ホシノのほうが性質的に向いている。

「私はどうすればいいですか？」

「ナギは」

ホシノはいろいろ考えている。

「ナギはツクヨミの補佐を頼む」

「……はい」

ナギは一瞬悔しそうな顔をしていた。
ツクヨミはそんな彼女の表情を見逃さなかった。

第8話

十月十五日　中編

1　午後一時

何か騒がしいと思ったのは午後一時を回ったころだった。

トータはメイン会場付近にて、立て看板を持って歩き回っていた。

「あー、やりたくねえ」

でも一応やるのは、半月近く學園を休んでしまって出席日数が足りないのと、もう一つ――。

「よほど立派な舞台なんでしょうね」

メインの特設会場は駅のロータリー広場を利用している。サーカス団が使うような大きな天幕が張られ、千人くらいなら収容できそうだ。雨でもやれるようにというのは、神藏(かみくら)市の本気度がうかがえる。この舞台が気にならないと言ったら嘘になる。

普段ならバスやタクシーが行きかう場所だが、今日は別のところへ停留所を移動していた。ちょうど真下にある地下駐車場(ちゅうしゃじょう)の入り口は『休止中』のお知らせが貼ってあるので不便だが、そういう場所なので仕方ない。

最初は月読命のイベントが盛況なのだと思った。おかしいと思ったのは、歓声というより叫び声になり、天幕から走り出る人が大勢いたからだ。

どういうことだと、トータは慌てる。出てきた人に声をかけようとしたが、振り払われてしまった。

こういう場合、トータみたいな高校生が入ったところで何になるのか。

「あいつら見に行ったよな？」

とりあえずスマホの通信アプリを使うことにした。だが、圏外になっている。

「はあ？　駅前だぞ」

ぶつくさ言いながら、スマホを袖に戻してやはり心配になる。立て看板を捨ててメイン会場へと向かう。

メイン会場に近づくと妙な頭痛がしてきた。トータの思い違いかと思いきや、客席の至るところに頭を抱えている人たちがいた。

「トータ」

モナカとみるるがいた。

深刻な表情が緊急事態であることを示していた。

「どういうことだ、説明してくれ」

「時間がないわ、とりあえずついてきて」

「ついてこい」

みるるは珍しく自分の足で走っていた。ただ歩幅が小さいのと体力がないので息を切らしている。

「みるる、あんたは後から来なさい」

「わかった」

みるるはふうっと息を吐きながら歩き始める。

「ちょっとどういうことか説明してくれよ」

「スサノオ会のテロで月読命が狙われた。月読命は無事で実行犯は捕まえているんだけど、イベント会場にいた観客が今も精神感応（テレパシー）の攻撃を受けている。だから、攻撃の増幅装置を壊す必要があるわ」

「やばいな」

「やばいから急いでるのよ」

それは悪かったとトータは思う。だが、トータはみるるほどではないが体力がない。

「瞬間移動（テレポート）しないの？」

「燃費の悪さ知っているでしょ」

「そうだね。せめて目的地教えて……」

トータは、走りながらしゃべるのも疲れてきた。

「あそこ、モニュメントのあたりが怪しい」

「怪しいってことはまだどこかわかってないの？」

「だから、あんたを連れてきたのよ」

つまりトータに周りを探れと言いたいらしい。

「市役所のモニュメント」

お洒落な建築で何度もテレビや雑誌で紹介されている場所だ。外から中庭が見下ろせる形になっているが、問題はそこに行きつくまでに市役所の中を通らないといけないことだ。

「まだ筋肉馬鹿がいるといいけど」

モナカが言う筋肉馬鹿とはサガミのことだろう。モナカは正規(せいき)のルートを通るのも面倒なのか、トータの腕をつかむとそのまま瞬間移動(テレポート)した。

「いきなりやんなよ」

トータは驚いて尻(しり)もちをついてしまう。目の前には奇妙なモニュメントがある。

「どうしたんだい、モナカ。クールな君らしくない顔だけど」

ざくろが椅子に座って待機していた。周りには女子を数人侍らせている。

「ざくろか。ちょうどいい、あんたでもいいわ」

「あんたでもいいじゃなくて、ざくろしかいないって言ってほしいもんだけど」

「緊急事態よ。ここら辺にどういう形態か知らないけど、神通力の増幅装置があるわ。スサノオ会がテロ攻撃を仕掛けているの」

「……まじか」

ざくろの目に輝きが宿った。

「そいつらを早く捕まえなくては！」

「その前に、増幅装置を探す。それが、月読命に言われた指令よ」

モナカは有無を言わせない声を張り上げる。

「そんな連絡は来てないけど、ってか圏外だわ」

「圏外は緊急事態」

「うん、ありえない」

何よりスマホの電波状況で緊急性を知る。

「それで、どうやって増幅装置を探すの？」

「トータ」

トータは仕方なく周りを確認する。

「とりあえずモニュメントが怪しいならそこ周辺数メートルでやって、だめなら移動しながら範囲広げていくのでいい？」

「ええ」

トータは額を押さえ、目を瞑る。透視能力（クレアボヤンス）という言葉は目に依存（いぞん）するように思えるが、トータにとってはソナーに近い。

「……」

「どうだい」

「……まじかい」

トータはモニュメントの最上部を指す。

「ちょうどあの一番上のパーツ。あそこらへんに何か変なものがある」

「なんで一番上なんだよ」

梯子はあるのだろうか。手で届く位置ではない。

「いや、上のパーツのほうが楽だよ」

ざくろがヤモリのような動きでモニュメントを上っていく。思わずトータは「きもっ」と口にした。

「失敬な！　少しとるのにコツがいるけど、今はそんな暇ないよね」

ざくろは緊急事態だと妙な音を立ててパーツを引っこ抜いた。パラパラとパーツの破片が降ってくる。

「これかい？」

ざくろはパーツの接続口に押し込まれた紙のようなものを取り出す。

「中身は素手で触るなよ」

「ならどうやってとるのさ？」

「それもそうね」

モナカは紙を開く。中から頭髪が落ちてきた。紙には血で文字が書かれている。

高位のヒミコになると、他人に自分の神通力を使わせるために札を作ることができる。

そのための触媒として髪や血を使う。普通なら墨(すみ)に何滴(てき)か血を落とす程度でいいのだが、こうして血だけで書かれていることを考えるとそれだけ強力にしたかったのだろう。

「証拠には違いないけど」

モナカは二つに破いた。ちゃんと壊さないと見つけても意味がない。

「予想が当たってよかったわ。これで一つ目」

「一つ目？　まだいくつかあるのかい？」

「ええ、少なくともあと二つはあるかしら？」

　モニュメントは合計三つ。少なくともあと二つということは、モニュメント以外の場所にもある可能性を示唆（しさ）している。

「メイン会場を取り囲むように面で増幅装置が仕掛けられているそうよ」

「面、そういうことか」

　点が二つでは直線しかできないが、点が三つあれば三角形ができることくらいトータにもわかる。

「もうすでに全部壊れているということはないの？」

「それはない」

　誰の声かと思えばみるるだった。

「いま、それをやぶいたじてんでへんなかんじなくなった」

　みるるはしゃがみこんで破いた紙に触れる。

「おかげでわたしのテレパシーつかえるはず。けど、ナギにとどかない」

「ナギはまだ未熟なんじゃない？」

「それでもホシノにはとどくはず」

「つまり、増幅装置の中ではまだ精神感応（テレパシー）能力のジャミングがかかっているってこと？」

「たぶんそう。というかそっちのほうがメインなきがする」

みるるは破れた増幅装置の意識を読み取っているようだ。

「はっきりとはわかんないけど、そういういしをかんじる」

「へえ。じゃあついでにこれも読んで」

ざくろがモニュメントの先端を持ってきた。

「このモニュメントは私たちが作ったものだろう？　つまりあのときのバイトの中にスサノオ会の連中がいた可能性がある。札を作った本人でなくともね」

「それもそうね」

モナカも同意する。

みるるはモニュメントの先端に触れるが首を横に振った。

「これはむり」

「なんで？」

「これをくみたてたひとももってきたひとも、そういういしきはない。あくいあるほんにんがやるならともかく、ゆうどうされてやらされたひとのいしきはのこらない」

トータは唇を噛む。相手の意図が読めず気持ち悪い。

やりかたがスマートなようで、大胆。同時に綿密なようで穴だらけ。

「気持ち悪いなあ」

「気持ち悪くてもまだ働いてもらうわよ。さて次の現場」

モナカはトータの襟を引っ張る。

「ざくろ、トータを運んでくれない？　こいつ、すぐひいひい言うのよ。サガミがいたら頼もうと思っていたのに」

「えー、私は男子を抱える趣味はないんだけどな」

「重さはそこらの女子と変わらないわよ。性格はともかく顔だけならかわいいでしょ」

ひどいことを言われながらもトータは次の現場へと向かう。

何か見逃している気がして仕方なかった。ざくろに担がれている間に考えをまとめることにした。

2　午後二時

戦力外通告をされたナギは月読命のそばにいた。

月読命はメイン会場からどんどん人を神通力で運び出す。ナギがやることと言えば、月読命が燃料切れを起こさないようにと必死に食事を運ぶ。

「師匠、ごはん足りてますか？」

「問題ない」

月読命は黙々と仕事をこなす。メイン会場から離れることで症状は緩和(かんわ)しているらしく、途中から自分で歩いていく人もいた。ただ、状態が悪い人は暴(あば)れてしまうので大変だった。

スマホがつながらないのが痛い。救急車も救援も呼べない。駅の近くだから、ホシノさんが電話を借りに行っている。

月読命は自身が狙われたこともあるがナギを守るためにこの場にとどまっている気がする。こうしてメイン会場には観客は誰もいなくなり、外には他の救助者が現れた。

「あー、もう無理。ふざけんなよ」

ホシノさんがぼやきながらやってくる。

「どうだった、ホシノ？」

「スマホは使えねえけど、有線の電話ならいけた。學園長は会合中で無理だとか、こっちの緊急性をわかってねえだろうが。救急車はもうすぐ来るし、増幅装置の範囲外の先生たちには連絡が取れたから、なんとかなるだろう」

ナギはおつかれさまです、と水のペットボトルを渡す。ホシノさんは蓋を開けると一気に飲み干した。肌は汗ばみ、スーツがしわだらけになっている。

「ったく、ツクヨミ狙うならもっと目立たないようにやれってんだよ」

「……誰の目論見(もくろみ)でしょうか？」

ナギは思わず聞いてしまった。

「ああ。自分の兄貴じゃないのかって心配か？」

「それはない」

はっきり答えたのは月読命だった。

「今回の狙いは俺だった。なおかつ、こいつが俺を狙ってきた」

布でぐるぐる巻きにして転がされている男だ。スサノオ会の幹部とか言っていた。

「昔、俺がスサノオ会にいたとき、指導していた教官だ」

「……」

ざくろから話を聞いていたが、月読命のほうから口にするとは思わなかった。

どう反応すればいいのかナギは迷う。

「今回、俺のことを昔と同じように洗脳できると高を括って行動に移したのだろう。たけるとは関係ない」

「……はい」

ナギは、月読命の口調が少し早いと思った。彼なりにナギを慰めているとわかる。

「ろくでもねえ野郎だわ。これで親父たちがスサノオ会をしょっぴく理由がようやくできる」

ホシノさんはにやにや悪魔のような笑みを浮かべて、横たわる男を見る。

「でも、本当に浅はかだよな。今までそんなしっぽつかませるような団体じゃなかったんだけど」

（それもそうだ）

月読命のことを侮っていたとしても、そんな大きな団体の幹部が簡単に捕まるものだろうか。

何か見逃している気がした。

そんな中、外から大きな声が聞こえてきた。

『おおい！　出てこーい！』

布地の天幕になにやらボスッ、ボスッと音がする。テントに何か投げつけている音だ。

『みんな、見てみろ！　偽りの神を崇拝した結果がこれだ。何が神さまだ。所詮は国が勝手に決めた神輿だろうが』

天幕越しで多少くぐもっているが聞き取れる内容だ。

「あー、スサノオ会とはまた別の団体かねえ」

ホシノさんはむっとしている。

「超自然学派か、それとはまた別か」

ヒミコは一般人にはない神通力を使う存在だ。昔は忌み嫌われ、魔女狩りのように殺されていた歴史もある。

そして、現代にも変わらずヒミコを嫌う人間はいる。

「やべえなあ。ヒミコの応援を呼んじまった」

ホシノさんはうなっている。

「ツクヨミ、駅舎まで三人とも運べる燃料は残っているか？　いや、こいつも一緒だから四人か」

ホシノさんはスサノオ会の幹部の男を見る。何か言いたげな表情をしているが、口をふさがれているのでもごもご言っているだけだ。

「いける」

「なら頼むわ。電話でいろいろ指示しとく。その間、お前ら二人は大人しく隠れていろ」

「私もですか？」

「さっき外と中を何度も往復していただろう。顔を覚えられている可能性がある。ああいうやつらは敵認定した相手には容赦がない」

ホシノさんは月読命の肩をつかむ。

「ナギも」

「わかりました」

ナギは月読命の腕をつかむ。

一瞬で視界が切り替わり、気が付けば駅の中の駅員室にいた。突如現れた三人組プラス一人に駅員は驚いている。

「ええっと、月読命と……」

ホシノさんは指で窓の外を指しながら現状を説明する。

「見ての通り、あの状況だ。俺たちにも危険が及ぶのでかくまっていただきたい。なお、この男はテロに関与しているため捕獲しています」

「は、はい」

駅員は戸惑いながらも、外から見えないようにブラインドをしめた。

「おい、外はどうなっているんだ！」

「スマホもWi-Fiも使えないんですけど」

　窓口の外から声が聞こえる。駅構内でも不安が広がっていた。

「ここだと窓口から顔が見えます。隣の部屋へどうぞ」

　物分かりがいい駅員が、奥の部屋へと案内する。自分の仕事だけでも大変なのに、ありがたい限りだ。

「外に出る際は裏口から案内しますので、お声かけください」

「ありがとうございます」

　対応が迅速ですごいなあとナギは感心してしまう。

　ホシノさんはスマホの電話帳を開く。

「あー、スマホ使えねえって不便だわ」

（その通り）

　ナギは納得しつつ、まだ残っている手持ちの菓子を月読命に渡す。

「あっ、突然失礼いたします。芥川ホシノというものですが」

　ホシノさんは連絡で忙しそうだが、ナギには何もできることはない。もぐもぐ食べる月読命に水を差し出すくらいだ。

　部屋にはちょうど神在月の集会のパンフレットが置いてあり、ナギは一枚もらう。さっきのパンフレットはモナカたちに渡して手元にはなかった。

「みんな、ちゃんとできたでしょうか？」

「まだ、終わっていないのはわかる」

外の救急車の音がうるさい。警察もやってきているようだが、周りの混乱は大きい。

駅員も対応に追われている。

「おそらくだが、強く洗脳をかけるための増幅装置が配置されているため、逆に他の精神感応（テレパシー）能力はジャミングされ使えなくなっている。でなければ、ホシノはもっと簡単に連絡を取っているだろう」

「そうですね」

ホシノさんはかなり高位の精神感応能力者（テレパス）だ。普通に連絡手段として精神感応（テレパシー）能力を使えばいいし、何より誰かから身を隠すにも認識阻害を使えばいい。

「逆を言えば、増幅装置を壊した地点からジャミングされる範囲は狭（せば）まる」

つまり精神感応（テレパシー）能力で通信できるようになれば、成功だという。

「やはり連絡手段がないのはきついですね」

ナギはスマホを確認する。やはりまだ復活していない。

（落ち着け、落ち着け）

ナギが焦っても仕方ない。モナカたちを信じて待つしかない。

月読命も内心不安なのか、ブラインドの隙間から外を眺めている。

ナギはパンフレットを眺める。三か所のモニュメント付近に何かあると仮定して動いている。まずモニュメントの周りに何もなかったらどうするのだろうか。

何よりモニュメントを組み立てたのはナギたちだ。誰か怪しい人はいなかっただろうか。

ぐるぐると頭が混乱する。そして、同時にスサノオ会の妙な甘さも露呈(ろてい)する。

ナギとしては、増幅装置を壊して終わりにしてほしい。でも、妙な予感が否定する。何に違和感を抱いているのかまだはっきりしない。

ここに倒れているスサノオ会の幹部に何か聞けばわかるのだろうか。スサノオ、たけるの話を聞きたい。

ナギはぎゅっと唇を噛みつつ、幹部の男の前に立つ。

「ナギ」

「大丈夫です、一つだけ質問させてください」

心配そうな月読命だが、ナギを止めるつもりはないらしい。

「スサノオはこの計画に参加しているのですか？」

ナギはこの質問なら問題ないだろうかと考えて話す。猿轡(さるぐつわ)をしている男は憎らし気に睨むのみだ。

「口元を外そうか？」

「はーい。そういう話なら俺に任せてもらおうか？」

ホシノさんは電話を置いて、ナギと男の間に割って入る。かけるところには大体かけ終わったようだ。

「なあ、おまえさあ。捨て駒だろ」

「⁉」

男は芋虫のようにじたばたする。

「だってどう考えてもおかしいだろうが。あの場で、どうやってうちのツクヨミを連れ去ろうと思ったんだ？　威厳を示したかったようだけど、お前一人の単独犯で成功するわけねえだろ？　それとも仲間がいたか？　いや、いねえか。今、誰も助けに来てくれねえもんなあ」

（えぐい）

ホシノさんは的確に相手の痛いところをついていく。

「うちのツクヨミを持っていこうなんて考えたら、おまえらんところのスサノオって奴を十人は連れてこないとだめなのわかっているだろ」

男はさらにじたばたする。

ホシノさんはナギのほうをちらっと向いたあとに、男の猿轡をずらした。

「スサノオとカグツチさえ、来ていれば、この計画は成功していたんだ！」

「来てねえじゃねえか」

「そんなはずはない。私を救出しに――」

「はい、これくらいにしとこ」

ホシノさんはまた男に猿轡を付けた。

「スサノオとカグツチ。名前からしてカグツチもヒミコかねえ」

「協力者だと思っていた二人が来なかったと」

「そういうことだろ。つまりスサノオ会も一枚岩じゃないってことだな」

ナギはほっとした。たけるが何か関与していたらと思ったがそうではなかった。では、たけるは今何をしているのだろうか。

「スサノオともう一人、有能なヒミコがいたらお前勝てるか？」

「……難しい」

「そうか」

前にナギの体を乗っ取ったたけるは、ナギが知るものよりずっと強い神通力を使っていた。

たけるはなんらかの目的があってスサノオ会にいる。もしかして、こうして内側から妨害するために所属しているのだろうか。

「スサノオ、たけるが計画を壊したとは考えられませんか？」

ナギは希望的観測だと思いつつも口にする。

「……なんとも言えねえ」

ホシノさんは腕組みをしている。

「とはいえ、これで終わりとは言い切れない。これが陽動で、何かしら俺らが見逃している可能性もある」

「陽動か」

「それなら多少杜撰な作戦もわかりますけど」

狙うとしたら何だろうか。

ナギは額に人差し指をこつこつさせる。見逃していること、気になることが、何かないか必死に探そうする。だが、わからない。なので、またボールペンを手にして、パンフレットの地図に丸を付ける。

モニュメントの一つ目に丸、二つ目にも丸をつけてつなげて直線に。さらにもう一つ丸をつけてつなげると三角形の『面』になる。

（小学校のときの算数みたい）

この頃の算数は良かったとナギは思う。縦と横の軸しかないので簡単だ。もう少し難しくなると高さの概念が加わって、『面』が『立体』になる。

「ん？」

ナギはじっとパンフレットを凝視する。

「どうしたんだ？」

月読命は師匠に何でも聞いてみろという顔をしている。

「すみません、私、増幅装置の仕組みってよくわからなくて、詳しく説明お願いしてもいいですか？」

「……ホシノ、任せた」

「師匠面したくねえのか？」

「適材適所という言葉がある」

確かに月読命よりもホシノさんのほうが論理的に話をしてくれるのでわかりやすい。

「しゃあねえな。まず簡単な話。モニュメント付近が怪しいと言った理由はわかるか？」

「モニュメント三か所の中心が大体メイン会場に位置していたからです」

「そうだな」

ホシノさんは、手帳を取り出すとペンで三角形を描く。

「三角形の重心については、義務教育で習っているよな？」

「はい」

三角形の三つの中線の交点だ。

月読命は腕組みをしつつ首を傾げていた。もう何年も前の授業なので忘れたのかもしれない。

「三角形で増幅装置を配置する場合、その重心が一番増幅効果の高い場所となる。ただ、三角形の配置では不安定なので最低五角形以上の形をとる場合がほとんどだ。それで重心の位置はずれてくるが、そこは調整しているだろう」

ナギはそこで気になっていた疑問を口にする。

「質問ですが、その位置調整に高さの概念は入りますか？」

「言うまでもなく入る。だから、俺は高さの調整がしやすいからモニュメントが怪しいと思った」

「そういうことですか」

確かにモニュメントには高さがある。そこらの壁に認識阻害をかけて貼り付けるほうが簡単に思えるが、さっきも言われたように精神感応系(テレパシー)とは相性が悪い。ちょうど部外者もたくさん入り込む現場ということで、設置しやすかったのだろう。

(なんで気づかなかったんだろう)

あの多数のバイトの中に、スサノオ会のメンバーがいたかもしれない。それに気づけなかったのが妙に悔しい。

「じゃあ俺も質問だ」

「なんだ?」

「例の増幅装置、この男が起動したから俺中心に動いていた気がしたが、もしかしてずれていたということはないだろうか?」

「ど、どういうことだ、ん?」

ホシノさんが急に耳を押さえ、何かを聴き取ろうとしている。

「いや、なんか言っているのはわかる。わかるけど、よくわかんねえ」

「いきなりぶつぶつ言い始めて怪しい」

「どうしたんでしょうか?」

「あー、もうナギに話しかけてくれ! ナギ、みるるから精神感応(テレパシー)入るぞ」

『りょうかーい』

頭にみるるの声が響いていた。

「み、みるるちゃん？」

ナギは答えるが、まだ受信しかできないナギからはみるるへの返事が届かない。

「あー、聞こえているってよ」

『おう。よそうどおりモニュメントのところにみっつあった。だがしかし、トータがなんかきがついた。あいつでもなんかやくにたった』

「うんうん」

「聞き取りづらい」

ホシノさんはみるるの舌足らずな話し方がよくわからないらしい。ナギが聞き取り役として入る。

月読命は一人だけ聞き取れないのでしょんぼりしている。

『モニュメントのたかさのたかいところにどれもせっちしてあった。ゆえに、バイトのないぶはんかもしれないけど、あんじでやらされただけのかのうせいがたかい』

「モニュメントの上のほうに全部あったそうです。犯人はわからないままですが、精神感応（テレパス）能力者の暗示でやらされた可能性が高いと」

「やっぱ残留思念読取（サイコメトリー）ができると便利だな」

ホシノさんはタブレットのメモ帳にまとめている。

『おおう、トータのはなし、わすれてない、だいじょうぶ。トータがいうには、せっちされたたかさがおかしいらしい』

「設置された高さがおかしい？」

「どういうことなんだ？」

『かみくらし、ないりくぶ。かいばつがたかいばしょにある。とくにえきまえのかいばつがたかいので、モニュメントのたかいいちにぞうふくそうちをせっちしても、たかさがたりない。ごメートルからじゅうメートルばしょがずれる。ほかのぞうふくそうちのいちをかんがえてもそれくらいのごさがでる』

「えっ？」

「なあ、うまく翻訳してくれ」

みるるは舌足らずな割に難しい言葉を普通に使うので、慣れていないと脳がバグってしまう。

「はい。メイン会場の海抜が高いので、増幅装置を設置しても五メートルから十メートル下にずれていると言っているようです」

ナギの翻訳を聞いて、月読命が真剣な顔をする。

「つまり俺が本命ではないということか？」

まだはっきり言いきれない。

『トータがメインかいじょうのすぐしたにちかちゅうしゃじょうがあるといっている』

「メイン会場の下に地下駐車場があると――」

トータは透視能力（クレアボヤンス）の持ち主だが、そのためか空間把握能力が高い。だから、違和感に気づいたのだろう。

「地下駐車場？」

『ほかのぞうふくそうちはわからないけど、みっつのモニュメントにあったぞうふくそうちはすべてかいばつひゃくにじゅうごメートルでたかさがそろえられていた』

「三か所の増幅装置は海抜百二十五メートルでそろっていたそうです」

「偶然、とは言い切れないか？」

ホシノさんは床に転がった男を睨むと、有無を言わさず頭をつかむ。

「……無理だな。こいつ、何にもわかっていない」

「とりあえず地下駐車場に向かいますか？」

「ああ。だが――」

ホシノさんは悩んでいる。ナギをどうしようか考えている節があった。残ってもらうほうが安全かもしれないが、外の暴走した集団を考えると不安も残る。

ナギとしてはその場にたけるがいるかもしれないと思えば静かに待っていられない。一緒についていくつもりだ。

「ホシノさん。念のための確認ですよね？」

「そりゃそうだが」

「もし、たけるがいたら私には危害を加えることはないです。それに何かあれば師匠がなんとかしてくれるはずです」

「んー」

「ホシノ、俺からも頼む」

月読命もホシノさんにお願いしている。ホシノさんは眼鏡を取り、目頭をぐっと押さえて考える。

「わーった、わーったよ。てか、ナギも連れていくとして、こいつはどうしようか？」

転がっている男を見る。

「さくっと警察呼べればいいんだけど、難しいよな」

外を見ると、まだ暴走している市民がいる。さらに、引き渡すまでに時間がかかりそうだ。

「仕方ねえか」

ホシノさんは部屋の隅のロッカーを開ける。

「勝手に出られないように裏返して壁にくっつけてくれ」

「わかった」

「ちょっ、そ、そこまでしなくても」

ナギはさすがに男がかわいそうになったが、ホシノさんは呆れた声を出す。

「こいつらによって年間何人のヒミコがさらわれていると思っている？　んでもって、そのヒミコを見世物にしてお布施で自堕落(じだらく)な生活を送ってるんだ」

ホシノさんの目には怒(いか)りがあった。ホシノさんは親御さんの関係で利用されたヒミコたちを見てきたのだろう。そして、その一人が月読命だ。

「すみません」

「謝るんじゃねえ」

ホシノさんは裏返したロッカーを一回蹴った。

「さて、行くぞ」

「ああ」

ナギは二人についていく。

(何も起こらないでいてほしい。でも)

何か起こりそうな気がしてならなかった。

3　午後二時四十五分

モナカたちのおかげで精神感応能力(テレパシー)が使えるのは大きかった。駅構内や駅前ロータリーは人だかりだが、ホシノさんの認識阻害があれば楽々通り過ぎることができた。

「瞬間移動(テレポート)で、行ければいいんだが」

「一応、エネルギーは温存しとけ」

地下駐車場の入り口には『休止中』のお知らせが貼ってあった。ロータリーがメインの特設会場になっているので、車の出入りは禁止されている。

(何も起こるな、何も起こるな)

そんなナギの願いがもろくも崩れ去る。入り口はゆるやかなスロープになっていて、下に降りるととくに温度が上がっている気がした。

「なんか暑くないですか?」

「あと息苦しい」

月読命は袖をぱたぱたさせる。

『おい、その程度かあ!』

猛々しい男の声が聞こえた。ハウリングしているのでもっと奥にいるのだろう。

「嫌な予感が当たった」

月読命とホシノさんが走りだす。

ナギも追いかけた。

「ついてくるのか?」

「はい、師匠の後ろにいるほうが安全でしょう?」

ナギは置いていかれてなるものかと不敵に笑ってみせる。

奥へ進むごとに、赤く熱せられた鉄骨の柱が見えた。高温で熱せられたコンクリートはところどころ変色している。本来ならライトがついているはずなのに、全部消えている。

かわりに奥に何か光っているものが見えた。

少し息苦しいのは、酸素が欠乏しているからだろう。

「あっ」

視線の先に男が見えた。

ガタイのよい青年、前に見たことがある顔だ。まるで神さまみたいな白装束を着ていた。

右手には大きな火球を作って、左手には何かを抱えていた。レイリ先生と同じ発火能力者のようだが、火球の大きさからかなり高位の能力持ちだ。

何を持ち上げているのか、暗くてよく見えない。

「あの人！」

「知っているのか？」

「モニュメントを組み立てる際にいたバイトの人です」

そういえば、途中から彼はいなくなっていた。彼がスサノオ会の人間なら辻褄が合う。

「作戦に参加しているのはスサノオとカグツチって言っていたな」

「カグツチ、火の神ってことか」

つまりスサノオ会の人間ということだ。

ナギは唾を飲み込み、目を細める。カグツチの奥にもう一人誰かいる。地下なのでよく見えづらい。ライトもなくカグツチの火球だけが光源だ。

カグツチは誰かの首を絞めあげていた。白い装束を着ており髪は長いが、性別は少年のようだ。

「あっ……」

ナギは近づこうとするが月読命に手をつかまれる。

「ナギ!」

「たけるが! たけるがいるんです!」

もう六年もまともに顔を合わせていない。だが、双子の兄のことは忘れるわけがない。わかる。

そして、そのたけるが首を絞められ、火球を押し付けられていた。ぼろぼろの姿になっている。ナギはふつふつと怒りがわいてきた。

「たける!」

ナギは考えるより先に動いていた。履(は)いていたスニーカーを握ると、たけるをいじめている男に向けて投げつけた。

第9話

十月十五日　後編

1　午後十二時五十分

やってられねえ、とたけるは思った。

スマホゲームをやりながら、静かな地下駐車場で待っている。何をかと言えば計画実行の時間をだ。

神蔵（かみくら）市駅前地下駐車場。イベント期間中のため、出入り禁止になっている。普通、祭りの場合、来客が増えるため駐車場を増やすが、駅前ロータリーは混雑して悪影響を及ぼすためあえて使用できなくなっている。十数年前に渋滞（じゅうたい）によって大きな玉突き事故が引き起こされたのが原因だ。

普段から駐車場を利用する客にとってはいい迷惑だろう。駐車場はがらんとし、何台か置きっぱなしの車が見られるのみだ。

イベントの荷物置き場にちょうどいいが、それ以外はほとんど人の出入りがない。たけるはそんな場所に待機していた。

実行開始ヒトサンサンマル。つまり十三時半。まだ三十分以上もある。

「ひまひまひまー」

『暇だか……て、精神感応（テレパシー）で仕事の邪魔……ないでください』

誰に話しかけているかと言えば、猫田にだ。彼女は今、別行動している。

「なんか対戦してんだけど、動きが悪いですよー」

『地下駐車場なら電波が悪くても仕方ありません。あと計画実行後、数時間はスマホが使えないと思ってください』

「へいへい、周辺の基地局あたりぶっ壊して連絡手段使えなくするんでしょ？」

　一般人にとっては迷惑な話だ。

「それってスマホだけでしょ？　他の連絡手段は壊さなくていいの？」

『そこま……る必要はな……と判断したのでしょう。それより……って、ください』

「なんか聞こえづらいんですけどー」

『増幅装置の……かと』

　数日前より猫田や他のスサノオ会のメンバーが、神藏市のあちこちに神通力を込めた札を配置している。洗脳を増幅させる効果はあるが、一方で他の精神感応系（テレパシー）の神通力に悪影響を及ぼしていた。

『くれぐ……気を付……』

「わかってるわかってる」

　たけるは猫田との通信を切った。彼女には彼女の仕事がある。

「スサノオくーん」

　後ろから声をかけられた。たけるはスマホのゲーム画面をポーズにすると、振り向く。ふくよかな体形の男がマシュマロの袋を持っている。

オモイカネという名で呼ばれる男だ。

「……」

「なんか作戦前で緊張してる？　でも君が無口なのはいつものことか」

猫田が聞いたら鼻で笑いそうだ。

たけるはこの男の前で話したくないだけだ。たけるの知る未来では、未来視ができるオモイカネという男はいなかった。たけるの祖母が未来を変えたせいで発生した存在だろうか。

ゆえに、イレギュラーで扱いにくい。

「そろそろ上ではイベントが始まるね。始まったらナオビノカミがツクヨミノミコトに神通力を発動させる。とはいえ、成功確率は低いがさすがのツクヨミノミコトもひるむだろう。君たちの仕事は、そんな彼を保護することだ」

保護という言葉に違和感を覚える。あくまでスサノオ会にとってツクヨミノミコトはかつて奪い去られたスサノオ会所属の者なのだ。

今回の作戦考案者はオモイカネだ。スサノオ会の序列としてはたけるのほうが上だが、年齢も上で参謀役としてスサノオ会を仕切っている彼に面と向かって逆らうことはできない。

「君たち」

「うん、君たち」

オモイカネの後ろにもう一人いる。屈強な体つきの青年、鋭い眼光はばちばちとたけるに向けられていた。

「たまには共闘もいいでしょ。普段ばちばちやっているんだから」

カグツチとの共闘。たけるはツクヨミノミコトがどのくらいの実力者なのかわかる。ナギを通して神通力を使っておそらく五分、だが今の状況ではどうだろうか。

普段のたけるとカグツチがうまく嚙み合えば、ツクヨミノミコトを捕獲することは可能だろう。だがあくまで共闘が成立しつつ、他に不確定要素がなければだ。

イベントスケジュールを見る限り、同時刻にメイン会場に他に神さまはいない。ちょうど責任者であるオオヒルメノミコトがいない日を狙った。とはいえ、何の護衛もなしにやっているようなイベントではないだろう。

ナオビノカミもいるが、おそらくツクヨミノミコトの付き人よりも実力はない。ナオビノカミは呪符を作る力は長けているが、神力は低く自己顕示欲が高い。自分より確実に弱いと思っている者しか残さない。その中の一人が猫田だが、彼女が協力するわけがない。猫田は参加する気もなく別部署の手伝いに行った。

そして、たけるも作戦を成功させる気はさらさらなかった。

ゆえに、この計画は百パーセント失敗する。問題はどううまくごまかすかだ。怪しまれないように、ごく自然に――。

「ねえ、やっぱり共闘無理かな?」

オモイカネはたけるにもう一度聞いた。

「なぜ俺に聞く？」

カグツチのほうが、不満があるだろうというように返した。だが、カグツチは機嫌よさそうな顔をしている。

「ははは。俺は問題ないぞ、俺は」

そう言うとカグツチは手のひらを掲げると、火球を作り出した。

「!?」

たけるは即座に体をそらした。

カグツチの作り出した火球はたけるの髪を数本焦がしている。

「どういうつもりだ？　今月の手合わせはもう終わったはずだぞ」

たけるはカグツチを睨む。

「どうもこうもないだろう？　最初からやる気がないことはわかっている。お前などスサノオの名はふさわしくない」

「こう言っているぞ、カグツチは共闘などするつもりはないらしい」

たけるは平静を装いつつオモイカネに言った。オモイカネはうっすら目を開ける。

「でも、スサノオくんも共闘するつもりはないんでしょ？　いや、スサノオじゃなくて、たけるくん」

オモイカネはそっとカグツチに寄る。

「僕も君を疑いたくない。でも君の周りを調べれば調べるほど、おかしなことがわいてくる。うん、君の持っているスマホ、勝手にゲームダウンロードして課金しまくっていることは別にいいんだよ。それくらいの権限はある。儀式や禊なんか以外何もやることないもんね。でもね。そのメッセージ機能を使って、外部の人間とやり取りしていたのはいただけないなあ。通信アプリ系はすべて監視されているもんね」

「大したことは言っていない。ランキングに入ったらメッセージくらい来るだろう？」

たけるはあえておどけて言った。

「ふふふ、そうだねえ」

オモイカネはまだ余裕の表情だ。

「たけるくん、呪符の材料が多少減っている件については何か知っているかい？　君には、定期的に作ってもらっているけど」

「書き損じくらいあるよ」

「ゴミ箱に捨ててある反故の数とは合わないんだよ」

どこのストーカーだよ、とたけるは舌打ちをしたくなった。

「こっそり集めた札は何に使っているんだい？」

オモイカネはたけるが洗脳にかかっていないことを確信している。確信しているが証拠はなく、何より『洗脳』という言葉を使わないようにしているとわかった。目の前にいるカグツチは自分が洗脳されていると思っていない。カグツチを刺激しないためだ。

証拠がないなら、たけるを責めることはできないはずだ。何よりナオビノカミの能力を疑うことになる。

「ナオビノカミは知っているのか？　計画ではすでにメイン会場に入っているはずだろ？」

「ええ、知りませんよ。だって彼はもういらないですし」

オモイカネは何食わぬ顔でマシュマロを食べる。

「そうか」

たけるはオモイカネの意図がわかった。こいつは政争を行おうとしている。スサノオ会は、さらわれたヒミコ、自分から入信したヒミコ、それを利用している信者からなっている。

信者を集めるための傀儡とその操り主。オモイカネは傀儡ではなく操る側としている。そんな中、ナオビノカミは立場の割にヒミコとしての能力が低い邪魔な存在に違いない。かといって、引きずり下ろすほど失態を犯しているわけでもない。たけるの洗脳に失敗している証拠はない。

オモイカネはそこに思い込みの激しいカグツチを投入することにした。たけるとカグツチをぶつけ、ナオビノカミは排除する。

それが、真の計画だった。

「お前は、スサノオ会にどれだけ世話になったのか忘れたのか？」

たけるがスサノオ会に、どんな目に遭わされたのか忘れるわけがない。

「なぜ裏切ろうとする！」

カグツチの目が完全に曇っている。こうも単純だとうらやましくなってくる。直情的なカグツチに証拠がないと理論立てて説明しても意味はない。

たけるは大きく息を吐いた。

「お前こそ洗脳され続けて、脳みそ茹で上がってんじゃない？」

カグツチが言わなかったキーワードを口にする。

「何が洗脳だ。俺は正気だ」

「正気ねえ。育てられた恩があるからと、信者の見世物になって金集めの道具になって、それで褒められて有頂天の天狗になってたんだろ。ごめんなあ、俺がその一番よしよしされる客寄せパンダの座を奪ってしまったか。ごめんなー」

「ずっと無口だと思っていたけど、たけるくんって実はとてもしゃべるタイプ？」

オモイカネは変に感心する。カグツチは顔を真っ赤にしていた。

「この野郎！」

カグツチの手にまた火球が作られる。

「ちょっ、僕近いんですけど」

オモイカネは慌てて離れるが、走り慣れていないのか足がもつれていた。

たけるは身構える。普段であれば軽くのしてやる相手だが場所が悪かった。近くに水がない。それでもやりようがある。

たけるは手を火球へと掲げる。カグツチの火球はプスンと音を立てて、消えた。消えた瞬間、距離を取り柱の裏に隠れる。

それとほぼ同時に、地下駐車場のブレーカーを探す。

カグツチはたけるを追いかけ、また火球を作る。

「へえ、真空状態を作り出して、火を消したのですか」

オモイカネの言う通りだ。普段、派手に水を使って消しているのはあくまで客寄せパンダとして目立つやりかたを取っているに過ぎない。

「大量の水を動かすよりもずっと省エネですよね。ただし、普通はできませんよ。空気なんて目に見えないものを動かすなんて、どんだけ精度が高いんですか？」

観念動力(テレキネシス)はその名の通り、観ることで物を動かす能力だ。たけるは火球を中心にその空間にある物を押し出すイメージを作りだすことでやっている。昔はこれでよくそよ風を起こしていた。団扇(うちわ)で扇(あお)いだほうがずっと楽だったろう。

「悪かったな。昔はそれだけしかできなかったんだよ」

たけるはブレーカーを確認すると、一気に落とした。地下駐車場は光源を失い、真っ暗になる。

「小癪(こしゃく)な真似を」

カグツチは次々と火球を作る。そのたびにたけるは消していく。暗闇になればたけるのほうが有利だ。カグツチのほうが先に燃料切れになれば勝ち筋が見えてくる。

走りながら、隠れながら、火球を消す。カグツチとの消耗戦だ。

「燃料切れを狙っていますか？　普段のたけるくんならこんな回りくどい方法は取りませんよねえ。そこらへんにある車でもぶつけてしまえばいい。ガソリンで燃やしてしまえば、カグツチくんは一たまりもないと思いますけど……、できませんよねえ」

オモイカネは、ねっとりとした嫌な言い方をする。スマホのライトを使っているのか、白い明かりが見える。

「たけるくんの神力、実は安定していませんよねえ。僕、君とカグツチくんの試合を毎回見ていたんですよ。直に見られなかったときは録画を確認するくらいに。そしたら、ある傾向に気づきました」

「……」

たけるは火球を潰すので精一杯だ。オモイカネの話に答えることはできない。

「観客が多いほど、たけるくんが使う神通力の大きさは肥大していますよね。正しくは、見学に来た神候補の数が多いほどかな。君が客寄せとして、目立つ水の龍を作り始めてから観察がしやすくなりました。ギャラリーが多いほど燃え上がるタイプというわけじゃない」

カグツチはまだ火球を作り続ける。たけるはじりじりと後ろに下がる。

「君はスサノオ会に来る前は大した神通力は持っていなかった。額にある傷、頭に衝撃を受けると新たに力を発揮する、王道のお約束ではないかと言われていたけど本当は――」

「うるさい！」

たけるはしゃべり続けるオモイカネに右手を向ける。スマホライトの光源で奴の位置ははっきりしていた。

「ぐっ！」

一瞬、オモイカネの顔が歪むが数秒で元に戻る。

「……真空状態と言いましたが訂正します、ね。空気を……瞬間的に薄くしていたわけで、真空だったら眼球が沸騰していました。相手を窒息死させるには弱いから、火球にしか使わなかったわけですね」

オモイカネは苦しそうにとぎれとぎれに言った。

たけるとしてはそのまま息の根を止めたかった。むしろオモイカネではなくカグツチに使っていたら、もう決着がついていた。だが、そうできない理由は――。

「たけるくん、君は他人の神力を自分の神通力に流用しているのだろう。ゆえにこの場では、神力が足りない。この場には僕とカグツチくんしかいない。僕らに自覚はないが、神力を流用されているんだろうねえ」

「……」

たけるはずっとばれぬよう気を遣っているつもりだった。ここまで細かく観察するオモイカネがいなければ、ずっと隠し通せていただろう。

「カグツチくんが勝てないわけだよ。たけるくん一人ではなくその場にいた神通力能力者全員を相手にしていたようなものだもの」

カグツチはオモイカネの声など聞こえていない。ただ、ひたすらたけるを追いかけ、火球を作り続けている。

「他人の神力の流用、それは精神感応能力(テレパシー)を利用して行われている」

オモイカネはたけるに見えないよう隠れている。神力は流用しているが、もう黙らせるために空気を奪うことはできない。

「この仮説を確認するために、ちょっとした実験をさせてもらうよ」

オモイカネの言葉とともに、たけるが持っていたスマホが鳴る。ちょうど、十三時半にアラームをかけておいた。作戦実行の時間だ。

もう作戦など関係ない、ただこの場をどう切り抜けるかだけだ。だが、出口へと向かおうにもカグツチを注視しないといけない。カグツチは単純だが、たけるを簡単に逃がそうとは思っていない。

たけるはカグツチの火球を消そうとした。しかし――。

「!?」

ぐわんと頭の中に声が響く。覚えがある声が頭に響く。以前、ナオビノカミがたけるを洗脳しようとしたときの声だ。あのときは、ナオビノカミの神力を利用し、逆に記憶をいじらせてもらった。

「うわあ、気持ち悪い。やだなあ、これ」

オモイカネの声。

「どうかしたのか？」

「作戦がはじまっただけです」

対してカグツチは問題ない。すでに、洗脳されている彼には意味がないのだろう。

「そうか。まあ、関係ないが」

カグツチは火球をたけるへと投げた。

たけるは即座に柱の裏に身を縮めると、自分の手のひらを見た。

何度かカグツチの火球を消そうとしたがうまくいかない。走り、転がり、隠れながら何度も挑戦する。

「無駄だ！」

カグツチの火球がたけるの袖を燃やす。たけるはコンクリの柱にこすりつけて火を消した。

「やはり仮説は正しかったようですね。精神感応（テレパシー）を利用して相手とリンクし、神力を使う。でも、精神感応（テレパシー）系の増幅装置が作動された今では無意味でしょう。現在、ナオビノカミが洗脳の術式を使っているので他の精神感応（テレパシー）系の能力はすべてジャミングされてしまう」

たけるはぎゅっと拳を握る。

「さて、カグツチくん。焼きすぎないでください。たけるくんは大事な実験体なんですから」

オモイカネは楽しそうに言った。

たけるにとって地獄の鬼ごっこが始まった。

2　午後二時二十五分

たけるは、あれからどれだけ逃げ回っただろうか。

鬼ごっこというより狩りに近い。たけるは何度もコンクリの地面を転がり、髪や服を焦がした。

ブレーカーを先に切っておいて正解だった。でなければとうに捕まっていただろう。

たけるが出口に近づこうとするとカグツチの火球が激しく飛んでくる。とうに燃料切れになっているかと思えば、オモイカネがマシュマロを与えていた。

「あの野郎」

たけるは息を殺しつつ、オモイカネの憎らしい顔を殴ってやりたくなった。

やはり油断ならない奴だった。たけるの未来にはいない存在だったのもあるし、当人も未来を知っているのも気になる。

たけるが裏切る未来が見えたからこそ、たけるを処分しようとしているのか。

違うとたけるは考える。オモイカネはまた違う別の未来を見ている気がした。そして、その未来にたけるがいなかったからこそ、今消そうとしているのではないか。

　たけるは祖母が見た未来の記憶を受け取っている。祖母が死ぬ直前に、精神感応能力(テレパシー)で見せてくれた。断片的な未来はいつもナギを助け出そうとするところで切れていた。

　祖母の神通力は、未来予知(フォアサイト)と治癒能力(ヒーリング)だと言われているが治癒能力(ヒーリング)はあくまで精神感応(テレパシー)を利用したものだ。

　たけるが受け取った未来では、スサノオは現在のツクヨミノミコトがなっていた。

　オモイカネは本来のスサノオにツクヨミノミコトを置こうとしているのか。いや、もう不可能だろう。ツクヨミノミコトは完全に祖母が見た未来とは別の姿になっている。

　いや、誰がスサノオになるのかは二の次だ。何よりオモイカネがナギの重要性に気づいているかどうかが問題だ。

　ナギだけは、ナギだけは渡してはいけない。

「そこか⁉」

　火球が飛んできてたけるの横をかすめる。

　ぐたぐだ他のことを考えていても仕方ない。逃げるには相手を殺すつもりでやるしかない。

「俺をずっと二番目に追いやっていた。お前は！　おい、その程度かあ！」

　たけるは周りを手探りする。打ちっぱなしのコンクリとは違う手触りがした。金属の感触だ。

　置きっぱなしになっている車だ。使わないから置いておいたのか、それとも放置したら出庫できなくなったのか。

さすがに都合よく鍵が置いてあることもないし、あったとしても運転できない。

たけるの体力は限界で、近づくカグツチから逃げることはできなかった。

「つぐ！」

カグツチの背丈はたけるより二十センチは高い。首を絞められ、足が浮く。

「どうだ、何もできまい」

たけるはあがくが神通力が使えない上に、体格差もある。じたばたしてもびくともしない。

カグツチは目を血走らせている。

「なぜ裏切る？」

カグツチにとってスサノオ会は絶対なのだ。それを覆すことはできない。奴の手は鉄のように熱い。首の皮膚が焼かれているのがわかる。

たけるは声をあげまいと歯を食いしばる。

「今ならまだ間に合う。スサノオ会に忠誠を誓え」

カグツチなりのたけるへの配慮だが、たけるには関係ない。睨み返すことで返事をする。

「残念だ」

カグツチはたけるの肩を火球で焼く。拷問じみた行為が続く。

だんだん朦朧としてくる。だからか空耳のようなものが聞こえた。

カツカツカツ、複数の足音が響いている気がする。カグツチでもオモイカネでもない。ブレーカーを切っているので光源はカグツチの火球しかない。火球が照らすのは、カグツチの顔と、ところどころに変色したコンクリート。そして――。

「たける！」

聞き慣れた声が聞こえた。肉声で聞くのは何年振りだろうか。

「たけるを、離せ！」

剛速球がカグツチに投げつけられる。何かと思えば、スニーカーだ。間抜けにもカグツチの側頭部に直撃した。

「誰だ！」

慌てたカグツチはたけるを落とす。たけるは間抜けに尻もちをついた。

「ははははっ……」

たけるは思わず笑ってしまった。体中が火傷や打ち身で痛いのに笑ってしまう。喉を焼かれているので痛いしかすれるが笑わずにいられない。

「ナギ……」

光源はほとんどないのに、いやにはっきり見えた。見事な投球フォームで、少年野球時代を思い出す。片足が靴下で、今履いている靴を投げたのかよ、と無茶な姿も変わらない。

当たり前だが身長はずいぶん伸びていたが、面影はしっかり残っていた。丸っこい輪郭も、活発そうな顔立ちも。ただ表情だけは戸惑いとともに怒りがわいているようだ。

対して、たけるはどうだろうか。

額には傷が、髪は伸び、妙な装束を着ている。今は体中に火傷もできている。こんな暗がりの中でよくわかったなとたけるは思った。

「俺の邪魔をするつもりならただじゃおかない」

カグツチがナギを見る。火球を掲げ、ナギの顔がはっきり見える。その後ろに、男が二人立っていた。

一人はツクヨミノミコトだ。もう一人は、スーツの男だ。スーツの男は確かツクヨミノミコトの付き人で、精神感応能力者(テレパス)だったはずだ。

精神感応能力者(テレパス)がいるということは、ジャミングは解除されたと推測する。何も考えずにこの場に来たとは考えにくい。

だったらなぜナギを連れてくるのだ。たけるとしては歯噛みしたい気分だが、同時にチャンスだった。

ツクヨミノミコトがいる。気に食わない相手だが、実力は確かだ。観念動力(テレキネシス)さえ使えれば、カグツチなど問題ない。

たけるはさっき落としたブレーカーの位置を思い浮かべて、レバーを上げた。

カチカチと音がし、地下駐車場が一気に照らされる。

たけるの神通力は通常通り使えた。むしろさっきより大きな力が使える。近くにヒミコが増えたおかげだ。

「たける、たける！」

ナギが近づこうとするのを、ツクヨミノミコトが止める。今はそれが正しい。たけるの神通力が使えるなら、カグツチをおさえることができる。この状況でツクヨミノミコトが邪魔することはないと信じたい。

だが――。

たけるはカグツチの奥にいるふくよかな男を見た。オモイカネはじっとナギを見ていた。口を動かしているが声は聞こえない。ただ、何と言っているのか、動きだけでわかった。

『見つけた』

オモイカネはナギを見て言った。

「あっ……」

たけるは思わず声が出た。

オモイカネはナギを知っている。おそらくたけるの祖母が見た未来と同じ光景を見ている。

ナギが破滅する未来を、オモイカネは望んでいる。

たけるは、この場でオモイカネを殺しておかねばと直感した。

3　午後二時五十五分

ナギの感情はぐちゃぐちゃだった。

スサノオ会の狙いは地下駐車場にあるのではと向かってみたら、なぜかたけるがカグツチに殺されかけていた。

ひどい姿だ。体のあちこちに火傷が作られ拷問めいた行為が行われていた。

あのバイト先にいた男だが、そんなにひどい奴だとは思わなかった。

思わず靴を投げつけてしまったことに後悔はない。

おかげでたけるは解放され、地下駐車場の電気がつく。さらに痛々しい姿のたけるをはっきり見てナギは気が動転した。

「たける、たける！」

「ナギ、下がっていろ」

月読命がナギの手を引っ張り後ろに下がらせる。

「そうだ。ここはツクヨミに任せておけ」

ホシノさんもナギを後ろにやる。

「しかしどういうことだ？　見る限り完全に仲間割れじゃねえか」

「……たけるは師匠をさらう計画なんて実行する気はなかったはずです」

「それがばれたか。いや、それ以前の話みたいだな」

ホシノさんは唖然（あぜん）としながらたけるを見ている。たけるは右手を掲げ、近くにあった車を神通力で持ち上げていた。

「仲間割れどころか、殺し合いだ」

車はカグツチのほうへと投げられる。いや、カグツチを通り過ぎ、その奥にいる男へと向かっていた。

「ツクヨミ！」

「ああ」

月読命は神通力で車の軌道（きどう）をずらす。車は駐車場を横転し、壁にぶつかって止まった。

「ツクヨミ、もっと安全に下ろせないのか？」

「そのつもりだったが、なぜか出力が出ない」

月読命も不思議そうに手を見ている。

「ところであの丸い男は誰だ？」

「わからんが、スサノオ会のメンバーには違いないだろう」

ナギもわからない。年齢は三十くらいのふくよかな男だ。たけるに車をぶつけられそうになって、慌てて柱の陰に隠れている。

一方、カグツチも火球を作ってはたけるに向けて放っていた。ナギたちのほうも気になるようで、ちらちらこちらも見ている。

ナギたちはとりあえずコンクリの柱の後ろに隠れる。

「たけるは、カグツチって人じゃなくてあの人を狙っている」

たけるはその瞬間、動いていた。近くに停めてあった車を観念動力(テレキネシス)で浮かせ、オモイカネに向かって投げつけていた。

「誰かわかんねえけど、どんな神通力持っているのか不明なのが難しいな。それでも、人殺しは看過できねえ」

月読命もそのために投げつけられていく車の軌道をずらしているが、調子が良くない。近づこうにも近づけない。ナギはやきもきしつつ、妙な臭(にお)いに気づいた。

投げそこなった車からガソリンが漏(も)れている。

ナギの鼻まで臭いが届いた時点でもう遅(おそ)かった。

気が付けば、火が燃え上がって爆発(ばくはつ)が起きていた。

「ナギ！」

月読命はナギを抱えると、炎(ほのお)と爆風を避(よ)ける。

頬が熱い。耳が痛い。ぎゅっと押しつけられて体が動かない。

どれくらい時間が経ったかわからない。数秒かもしれないし、数分かもしれない。

ようやく目を開けると、目の前に月読命がいた。

動かない、動けないわけだ。月読命はナギをかばうために抱え込んでいた。

「師匠、大丈夫です」

「そ、そうか」

「なら、離れろ」

ホシノさんが月読命を睨んでいる。ナギはそろっと月読命から離れた。

「あれ？　ここは」

特設会場の中だった。地下駐車場じゃない。

「ガソリンの気化爆発だ。すぐさま移動した」

ちょうど真上の会場のテント内に入ったのだ。

「うそ！　じゃあたけるは!?」

動くナギの手をまた月読命がつかむ。

「無理だ。今、駐車場に戻るのは危険だ」

「ああ。ガソリンの気化爆発及び他の車にも延焼してるだろう」

「何よりもう瞬間移動（テレポート）する力は残っていない」

「あっ」

月読命の白装束はところどころ焦げていた。神通力でなんとか壁を作ったが、防ぎきれなかったのだろう。対してナギはなんともない。それこそかばってくれたおかげだ。

「ここも危ない。移動しないと」

ホシノさんの言葉はわかる。ここもまだ危険だ。

でもナギの感情は追いつかない。

「たける、たけるを助けないと。師匠、私の神力を使って助けられませんか？」

「ナギ」

「できますよね、できるでしょ。お願いします、お願いしますから」

ナギは月読命に縋りつく。不安定なナギの神力利用はまだ危険だ。何より業火の中をまた瞬間移動（テレポート）で飛べと言っている。

「ナギ……」

月読命がナギの肩をつかむ。

「行く必要はありませんよ」

後ろから声が聞こえた。

振り向くと短髪の女性がぼろぼろになったたけるを支えていた。

「たける！」

ナギは駆け寄った。たけるの服は半分以上が焦げていて、皮膚もところどころ真っ赤になっていた。

「あんたは？」

ホシノさんは警戒した様子だが、たけるの傷の様子を見ると周りに何かないか探し始める。

「猫田と申しますが、覚えなくて結構です」

体育祭のときにナギに接触してきた女性だ。

「様子がおかしいと思って来てみたら、大惨事で驚きました。火傷とともに肺もやられていると思うので、早く手当をしてください」

猫田はたけるをナギに渡す。

「どうしてたけるを？」

ナギは朦朧としているたけるの衣服を脱がせようとするが火傷と着物が癒着していてとれない。

「貸せ」

ホシノさんはどこからか調達したペットボトルの水をたけるにかける。

「どうしてと言われましても、助けないほうがよかったですか？」

「いや、そういうわけでは」

「スサノオ会の所属ではないのかと聞いているんだ」

しどろもどろのナギにかわって月読命がたずねた。質問というより尋問に近い。

「あなたもかつてはそうだったのではないですか？」

猫田は質問を質問で返した。

「好きであの場所にいる理由なんてないでしょう」

「わかった。では君は投降するのか？」

「いいえ」

猫田は月読命の質問に首を振る。

「まだあちらには残したものがありますので」

猫田はポケットから符を取り出すと消えてしまった。

「たける、たける！」

ナギは六年ぶりに顔を合わせる兄にただ水をかけて冷やすことしかできなかった。

第10話

たける

1

『神在月の集会　襲撃される』

『目的は何か？　超自然学派』


新聞の見出しは数日たっても似たようなものだった。

病院の待合室では特に読むものがなく新聞なんてガラにもないものを読んでいる。見出しにも記事にも『スサノオ会』の文字はなかった。

確かにスサノオ会の幹部を逮捕しているはずなのに。

あと地下駐車場では誰も人は見つかっていない。カグツチともう一人の男を逃がしてしまったが、同時にたけるに殺人を犯して欲しくなかったのでほっとした。

「たける、なんであんな行動をしたんだろ？」

ナギはむにむにと白いマスコットの首を潰してもてあそぶ。前にたけるが依り代として使っていた熊とも犬ともしれないぬいぐるみの頭だ。

「私に危険が及ぶと思ったのかな」

ナギのためかもしれないがそのせいでたけるが犠牲になるのは違う。

たけるは一体、何を知っているのだろうか。

「ナギ」

ぺたっと頬に冷たいものがくっつく。フルーツジュースだ。

「モナカ、とみるるちゃん」

モナカとその後ろにみるるがいる。

「ナギ、これくえ」

みるるはコンビニで買ってきたゼリー飲料をナギに押し付ける。

「寮にも帰らないし、ごはんもちゃんと食べてないらしいじゃない」

モナカは着替えを入れたトートバッグも押し付ける。

「ははは、食欲なくて」

ここ数日、ナギは病院近くのホテルに滞在している。たけるは猫田と別れたあと、すぐに病院に運ばれ緊急手術することになった。

神藏(かみくら)市の総合病院、集中治療室の奥にたけるはいる。重度の火傷、特に喉のダメージがひどく自発呼吸ができない。一日一回だけ面会が認められているが、たけるの意識は戻らない。

ナギは一日のほとんどを病院の待合室で過ごしていた。

「あんた、いろいろ事情持ちだと思ったけど、大概なものねえ」

「ごめんね、いろいろ隠し事してて」

ナギは二人にずっと謝りたいと思っていた。

「はいはい、謝るならさっさと食べて」

「たべるのかくにんしないとかえれない」

「うん」

「食べながらでいいから少しくらい話をしてくれない？」

すでにモナカとみるるは巻き込まれている。今回、ナギたちが動けたのはモナカたちが迅速に動いて増幅装置を破壊してくれたおかげだ。

ナギはぽつぽつと話す。

たけるという兄がいること、たけるは六年前に誘拐されて行方不明だったこと、今回のスサノオ会の騒動でたけると再会したこと。

たけるがスサノオだった、とまでは言っていないが、二人に説明するには十分すぎる内容だろう。ずっと二人に内緒にしていたことを話せて、罪悪感が消えたと言ったら不謹慎だろうか。

「道理で病院の周りに警察が多いわけだ」

またスサノオ会の襲撃があるかもしれないと、ヒミコ特殊部隊が配置されているとのこと。その中には、ホシノさんのご両親もいる。ナギをいろいろ気にかけて話しかけてくれた。

一昨日は學園長が様子を見に来てくれた。學園長不在のときに狙われたとはいえ申し訳なさそうに謝ってくれた。學園長の神通力でたけるを治せないかと聞いたが、治せる状態ではないらしい。あくまで精神的な治癒能力だそうだ。

ナギの母は昨日来た。たけるのこともだがナギの心配をして、すぐ帰っていった。理由としては行方不明のたけるが戻ってきたことが公になるとまずいと判断したからだ。たけるは未成年とはいえ、スサノオ会の象徴的存在を何年も続けていた。今後のことも考えて、マスコミに情報流出しないための措置らしい。

「しかし六年ぶりに兄と再会ってドラマチックというか」

「たいへんだー」

正直、何も食べたくなかったがゼリー飲料だけ飲み干すことができた。二人が変に深刻な顔をしないので、その分ナギにとって気が楽になった。

「じゃあこれで」

「しゅっせきにっすうたりなくなるまえにかえってこいよー」

二人は翌日学校があるということで帰っていく。

ナギは手を振りつつ、時間を確認する。もうすぐ病院が閉まる時間だ。滞在しているホテルに戻ろうとしたら、ロビーに月読命とホシノさんがいた。

ホシノさんは警察官であるホシノさんのお母さんと話していた。

「お疲れ様です」

ナギは月読命に頭を下げる。ナギに代わり、事情聴取やらなにやらを色々受けてくれた。新聞にもスサノオ会の『ス』の字もない代わりに月読命が何度も出てくる。ただでさえ有名人なので大変だろう。

今日は白装束ではなくスーツ姿だ。神蔵市(かみくら)の周辺ではマスコミがうようよしているので、ばれないようにやってくるのも大変だったろう。

「ホシノはあの様子だとしばらく話が長そうだな」

「ははは、病院しまっちゃいますね」

「大丈夫だろう。それよりナギ、少し話をしたいんだが」

「はい？」

妙に真面目な声で言われたから、ナギはどきっとした。

(重要な話かも)

ナギは周りを見る。もうすぐ病院が閉まる時間なのであまり人がいないが、誰にも聞かれないほうがいい。

「あっちで話します？」

ナギは、中庭のベンチを指す。

十月も半ばを過ぎれば日が暮れるのも早い。空は真っ赤から紫色(むらさきいろ)のグラデーションになっていた。

「なんですか？」

「すまない。俺がナギの兄をちゃんと助けられていたらよかったのに」

ナギは月読命に助けを求めた。神通力が安定しないのに炎上(えんじょう)した地下駐車場に戻ってくれと言った。

気が動転していたとはいえ、ひどい頼みをしたものだ。

もし、猫田がたけるを救出しなければ、月読命はやってくれたかもしれない。

「いいえ。師匠は正しかったです」

「だが、俺にもっと実力があれば、もっと――」

「なんか前にも謝られた気がします」

ナギは笑う。むしろ謝るのはナギのほうだ。ナギよりも月読命のほうが大変だ。人気商売だけに、今回の事件は彼が報道の一番の矛先となっている。

「私は師匠に感謝こそすれ、謝ってもらう理由なんてありません」

「でもナギは」

「はい」

「今、泣くのを我慢しているだろう?」

月読命はナギをじっと見る。

(そんな風に言われると)

「ずっと遠慮している」

ナギは何もできない。地下駐車場でも助けを求めることしかできなかった。

警察には警備で迷惑をかけている。

學園長は他の仕事が忙しそうだ。

昨日帰った母には今日もたけるの報告と自分が元気であると通信アプリで伝える。

モナカとみるるにまで気を遣わせている。

月読命にも——。

「遠慮していないか？」

「遠慮だなんて」

そういうナギの目には涙があふれてきた。唇が震え始める。無理やりにんまり笑おうとした表情筋が痙攣していた。

「はっ、はは、ははは」

愛想笑いがうまく浮かばない。ただ、我慢していた涙が決壊して零れ落ちていく。ナギはぬぐうこともできず、間抜けに笑いもどきを発声するしかない。どうして気づかれたのだろうか。上手くやっていたつもりだ。何もできなかったくせになんで泣くなんてできるだろうか。ずっと我慢していたのに——、月読命はナギの本心に気づいてくれた。

「ナ、ナギ……」

月読命はナギの涙に慌てていたかと思ったら、ナギの後頭部に触れるとぎゅっとスーツに押し付けた。

「師匠」

「すまない。どうすればいいのかわからない」

たぶん恋愛小説なら正しい行動だとナギは思った。ナギは泣き顔を見られたくない。でもあからさまに涙をぬぐうこともできない。

でも、最適解と思えないのは、ナギの涙腺は決壊し、鼻にまで至っている。

「スーツ汚れてしまいます。ホシノさんに怒られますよ」

ナギが離れようとしたが月読命はナギの頭を押さえている。

「これくらいホシノも許してくれる。俺相手にくらい我慢しなくてもいい」

ナギは鼻をすする。

「し、師匠、とても師匠っぽいです」

ふふふっと作り笑いとは違った笑いが浮かぶ。ナギは涙を拭かなくては、とハンカチを探す。

「師匠としてではなく、俺は――」

月読命が言いかけたが言葉が続くことはなく、ボフッという間抜けな音とともにナギの頭から手が離れた。

何かと思ったら、空中に白いぬいぐるみの首が浮いていた。たける人形の首だ。

「なんで?」

「なんだ?」

月読命は顎(あご)を撫でる。どうやらたける人形が月読命にアッパーを食らわせたらしい。

たける人形は、ぶんぶん空を飛んでは月読命にぶつかっている。

「こ、この人形は、なんだ⁉」

ぬいぐるみなので痛くないが、猛攻(もうこう)に追いやられていた。

ナギはもしかしてと、耳に付けたピアスに触れる。

(ちょっとだけ)

外してみると、聞き慣れた声が頭に響く。

『やい、こら! うちの妹に手を出すなんてふてえ野郎だ!』

『おらおらおらおら、連打!!!!』

『未成年のおさわりは困ります、お客さまー』

ふざけた声だ。ナギは思わず人形をわしづかみにする。

「たける!」

『おや、妹よ。元気かね? 俺は元気、なわけねえよ。本気で危険、よく死ななかったわー。あー、喉やられてるから全然しゃべれないけど、脳みそは健在っぽいね』

「集中治療中だもん」

『うんうん、ってかナギってひっどーい。なんか制御装置のせいで全然話せなくてさあ。まあ、近くにナギの気配は感じたし、慣れた機体あったから乗ってみたらこれよ、これー。やだー、男っておおかみー』

いつものたけるの軽口だ。

「たけるってこの人形が? 何かしゃべっているのか?」

「はい」

ナギはたける人形を潰すように挟んでみせる。

『やい、こら。この淫行野郎！　一体、いくつなんだよお前！』

「たける、月読命はまだ十八だよ」

『えー、うっそー』

「なんか悪口を言われているのはわかる」

月読命は自分の頬をむにむにしている。老けているという自覚はあるらしい。

『さーて、ところで俺、本気で死んだと思ったんだけど、なんで生きてるわけ？　かなり重傷だけどさー』

「猫田さんがたけるのこと運んでくれたの」

『へえ、猫田がー。そんであいつはどこ？』

たける人形は首だけできょろきょろする。

「猫田さんは残したものがあるからって、戻っていったよ」

『ふーん。大人しく保護されときゃいいのに』

たけるの声は妙にしんみりしているような気がした。

『さて、ナギ。心配かけたね』

「うん」

「取り込み中のところ悪いが、ナギの兄」

『あーんだ、てめえ。勝手に人の妹呼び捨てにすんじゃねえ』

「何と言っている？」

「あー、師匠、要件続けてください」

「わかった。スサノオ会について、いろいろ聞きたいことがある」

『はいはい、わかったよ。ちらちら話すから、今はちょっとだけ、妹と戯れる時間をくれよ。俺だって混乱しているからな』

たけるはそう言うと、ナギの頭の上に乗った。

ナギはぎゅっと唇を嚙む。

無責任かもしれないが、今はどんな形であれこうしてたけるが戻ってきたことが嬉しくて、さっきとはまた違う涙を一粒こぼした。


「あーあ、いやなもん見ちゃったな」

トータは病院の中庭にいた。手にはビニール袋。中には、おにぎりやサンドイッチ、それから飲み物が入っている。

ガラにもない差し入れは、相手に渡されるｔｙことなく病院のゴミ箱に捨てられる。

ナギは月読命に甘えるように泣いていた。

トータには絶対しない真似だろう。

そうだ、トータはナギに何もしない。ただ、彼女が近づいてくるのに甘えるだけだ。彼女から近づかない限り、距離は縮まることはない。

このままじゃいけない。

自分から何か動かなければ何も変わらない。
トータはぎゅっと拳を握ると、走って病院をあとにした。

本書は、白泉社の『花とゆめ』にて連載されている『神さま学校の落ちこぼれ』の原作小説にしてノベライズです。

使用書体
本文————A P-OTF 秀英明朝 Pr6N L＋游ゴシック体 Pr6N R〈ルビ〉
柱—————A P-OTF 凸版文久ゴ Pr6N DB
ノンブル———ITC New Baskerville Std Roman

神さま学校の落ちこぼれ 4

2024年9月17日　第1刷発行

定価はカバーに表示してあります

著　者 ―――― 日向夏

発行者 ―――― 太田克史
編集担当 ―――― 太田克史
編集副担当 ―――― 丸茂智晴

発行所 ―――― 株式会社星海社
〒112-0013 東京都文京区音羽 1-17-14 音羽 YK ビル 4F
TEL 03(6902)1730　FAX 03(6902)1731
https://www.seikaisha.co.jp

発売元 ―――― 株式会社講談社
〒112-8001 東京都文京区音羽2-12-21
販売 03(5395)5817　業務 03(5395)3615

印刷所 ―――― TOPPAN株式会社
製本所 ―――― 加藤製本株式会社

ISBN978-4-06-536373-7　N.D.C.913 264p 19cm　Printed in Japan

『女衒屋グエン』

日向夏

装画／鈴木健也

『薬屋のひとりごと』の日向夏が描く、新たな中華小説の誕生！

今宵も妓館・『太白楼』は眠らない。とある花街のとある一角、遊女たちは春をひさいで生きていた。生娘のまま女盛りを過ぎてしまった静蕾（ジンレイ）、勝ち気で反抗的な万姫（ワンジェン）、別れた男に囚われ続ける思思（スースー）……。そして西施（シーシー）、この世界を統べるうつくしい主。冴えない女買いの男・虞淵（グエン）と下働きの醜い少女・翡（フェイ）を従える彼女もまた、大きな秘密を抱えていた。そんなある日、都から届いた一通の文が妓館の運命を揺るがしていく。偽りだらけのこの街で、本当の幸せとはいったい何か？　遥か古都の遊郭を舞台に綴られる、儚い色里模様の幕が上がる。

『少年名探偵　虹北恭助の冒険　新装版』

はやみねかおる

Illustration／kappe

青崎有吾、推薦！
あの名作ミステリ
シリーズが復活！

わたし、野村響子。もうすぐ小学六年生になろうっていう小学五年生で、家は虹北商店街にあるケーキ屋さん。この虹北商店街の日常には謎がいっぱい！　ひとりでに増えてゆく駄菓子屋のおかし。深夜、アーケード街をさまよう透明人間の足跡。なんでも願いを聞いてくれるお願いビルディング。巻き起こる不思議な不思議な謎・謎・謎！　でも、そんな謎を立ち所に解決してくれる魔術師がいる。その名は虹北恭助。古書店・虹北堂で学校も行かずに店番をしている、わたしと同い年の幼馴染みだ——少年少女を本格ミステリの世界へ導いた、青春ミステリの金字塔が復活！

『永劫館超連続殺人事件 魔女はXと死ぬことにした』

南海遊

Illustration／清原紘

「館」×「密室」×「タイムループ」の三重奏（トリプル）本格ミステリ。

「私の目を、最後まで見つめていて」

そう告げた“道連れの魔女”リリィがヒースクリフの瞳を見ながら絶命すると、二人は１日前に戻っていた。

母の危篤を知った没落貴族ブラッドベリ家の長男・ヒースクリフは、３年ぶりに生家・永劫館（えいごうかん）に急ぎ帰るが母の死に目には会えず、葬儀と遺言状の公開を取り仕切ることとなった。

大嵐により陸の孤島（クローズド・サークル）と化した永劫館で起こる、最愛の妹の密室殺人と魔女の連続殺人。そして魔女の“死に戻り”で繰り返されるこの超連続殺人事件の謎と真犯人を、ヒースクリフは解き明かすことができるのか——

『涜神館殺人事件』

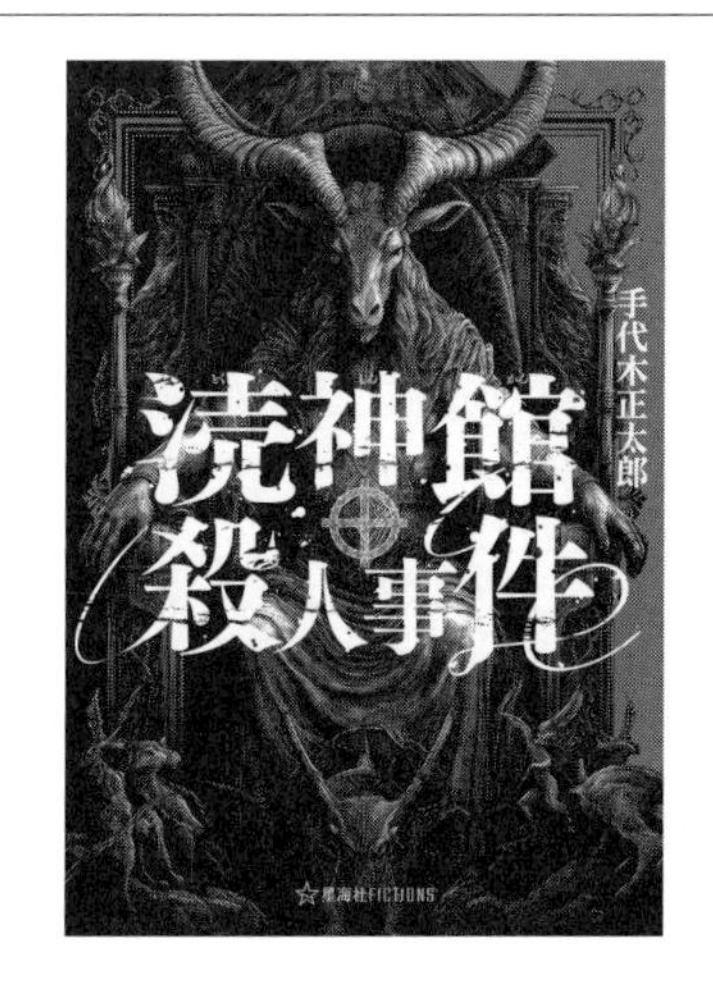

手代木正太郎

超常現象渦巻く
悪魔崇拝の館で始まる、
霊能力者連続殺人事件！

“妖精の淑女”と渾名されるイカサマ霊媒師・グリフィスが招かれたのは、帝国屈指の幽霊屋敷・涜神館。悪魔崇拝の牙城であったその館には、帝国が誇る本物の霊能力者が集っていた。交霊会で得た霊の証言から館の謎の解明を試みる彼らを、何者かの魔手が続々と屠り去ってしまう……。この館で一体何が起こっていたのか？　この事件は論理で解けるものなのか？　殺人と超常現象と伝承とが絡み合う先に、館に眠る忌まわしき真実が浮上する――‼

ラインナップ

『牢獄学舎の殺人 未完図書委員会の事件簿』

市川憂人

〈解答編のない推理小説〉が解き放つ密室殺人に挑む、学園本格ミステリ！

私立北神薙高校に通うミステリ好きの少年・本仮屋詠太は、校内で謎の本――『牢獄学舎の殺人』を見つける。ある高校での三連続密室殺人を描くその本格ミステリは、〈読者への挑戦状〉を解いた者が完全犯罪の手引書として使用できる「未完図書」の一冊だった！　やがて校内で『牢獄学舎の殺人』を模倣した本物の密室殺人が発生。詠太は「未完図書委員」を名乗る謎の少女・杠来流伽とともに、虚構（フィクション）の密室×現実（リアル）の密室に挑む！

星々の輝きのように、才能の輝きは人の心を明るく満たす。

その才能の輝きを、より鮮烈にあなたに届けていくために全力を尽くすことをお互いに誓い合い、杉原幹之助、太田克史の両名は今ここに星海社を設立します。

出版業の原点である営業一人、編集一人のタッグからスタートする僕たちの出版人としてのDNAの源流は、星海社の母体であり、創業百一年目を迎える日本最大の出版社、講談社にあります。僕たちはその講談社百一年の歴史を承け継ぎつつ、しかし全くの真っさらな第一歩から、まだ誰も見たことのない景色を見るために走り始めたいと思います。講談社の社是である「おもしろくて、ためになる」出版を踏まえた上で、「人生のカーブを切らせる」出版。それが僕たち星海社の理想とする出版です。

二十一世紀を迎えて十年が経過した今もなお、講談社の中興の祖・野間省一がかつて「二十一世紀の到来を目睫に望みながら」指摘した「人類史上かつて例を見ない巨大な転換期」は、さらに激しさを増しつつあります。

僕たちは、だからこそ、その「人類史上かつて例を見ない巨大な転換期」を畏れるだけではなく、楽しんでいきたいと願っています。未来の明るさを信じる側の人間にとって、「巨大な転換期」でない時代の存在などありえません。新しいテクノロジーの到来がもたらす時代の変革は、結果的には、僕たちに常に新しい文化を与え続けてきたことを、僕たちは決して忘れてはいけない。星海社から放たれる才能は、紙のみならず、それら新しいテクノロジーの力を得ることによって、かつてあった古い「出版」の垣根を越えて、あなたの「人生のカーブを切らせる」ために新しく飛翔する。僕たちは古い文化の重力と闘い、新しい星とともに未来の文化を立ち上げ続ける。僕たちは新しい才能が放つ新しい輝きを信じ、それら才能という名の星々が無限に広がり輝く星の海で遊び、楽しみ、闘う最前線に、あなたとともに立ち続けたい。

星海社が星の海に掲げる旗を、力の限りあなたとともに振る未来を心から願い、僕たちはたった今、「第一歩」を踏み出します。

二〇一〇年七月七日

星海社　代表取締役社長　杉原幹之助
代表取締役副社長　太田克史